目次

プロローグ　店主の旅立ち

一

秋の気配が漂いはじめた、早朝。

京都の新町通《しんまちどおり》にある石畳の細い路地《ろーじ》の奥、京町家《きょうまちや》をリノベーションした、住居兼店舗の小さな建物の屋根に、天からの梯子《はしご》がかかった。

夏の残り香と湿気を纏《まと》った、この家屋の二階の一室では、この家の主・阿倍野結子《あべのゆいこ》が布団に横になり、永久《とわ》の眠りについている。

享年八十八。

彼女が亡くなって——今、私たち一匹と二体は空虚感に包まれていた。

一匹というのは、私のことである。

今は白い猫の姿をしているが、遥《はる》か昔は安倍晴明《あべのせいめい》という名で陰陽師《おんみょうじ》であった。

この姿でかれこれ、江戸時代から生きている。

また、二体とは、平安時代に私が自らの思念でこの世に生み出した、思業式神《しぎょうしきがみ》二体のことだ。今は私の両脇にいる。

令和の世に合うよう、いわゆるイケメンに扮《ふん》している、と二体は声をそろえて言うが、どうであろうか。

本当の姿は、栗の木でできた、ただの人形だ。

栗の木の人形が時代に合わせて様々な容姿に化けていて……まあ、どう化けるかはおおむね任せているのだが、そうやってこの千年以上もの間、二体はこの世に存在している。

二体のうちの一体、私の右側にいるのは、私の陽の気を一手に引き受けた式神の日向《ひなた》だ。

この時代での姿は、金色の柔らかな髪が印象的な、少し甘い顔立ちの好青年。

なんともしゅっとした背の高い優男《やさおとこ》という雰囲気で、明るい性格にも合っていると思う。

そして、左側に座るもう一体は、私の陰の気を引き受けた式神で、名を木陰《こかげ》という。

彼もしゅっとした背の高い青年の姿で、肩までの黒髪を束ね、鋭い目つきが印象的な、いつの時代も常に冷ややかな視線を持つ人間に化けている。

彼が言うには、人間に馬鹿にされないよう装っているらしいのだが……そのせいで、楽しそうにしている印象が少ない。

二体は、人と同じく少しずつ年齢を重ねるように化け、限界が来ると容姿を変えている。

ここ三十年ほどは、そうしながらもこの『おでん屋』で世話になっていた。

私たちは稀有《けう》な存在なんだと思う。

そんな私たちの真実を知る唯一無二の存在であったのが、ここに眠る結子だった。

だから、今はもう誰も知らないことになる。これから先も、容易に誰かに明かすことはできない。

項垂《うなだ》れた私の視線の先では、結子のグレーヘアーがこの部屋へとわずかに差し込む光に煌《きら》めいていた。

私たちのことを受け入れ、深く知っている人間がいたということは、こんなにも私たちの励みになっていたのかと思う。

これは、まぎれもない事実だ。

結子の陽だまりのような温かい笑顔が、こうしている間もずっと思い浮かぶのだから……

「あれほど、我々に百寿《ひゃくじゅ》の祝いをしてもらうと意気込んでおったのに……」と、つい私の心の声が漏れた。一言言っておくと、今は猫の姿をしているが、私は人の言葉も話す。

「そうですね。結子様の心臓が弱っていただなんて、僕も知りませんでした」

私の声を拾って発せられた日向の言葉が、優しく聞こえてくる。

そこへ飄々《ひょうひょう》とした木陰が、私の目の前に封書を置いた。

「こちら、結子様の遺言状のようです」

「木陰、読んでくれるか」

「わかりました」

木陰によって開かれた遺言状の最初には、私たちの名前が書かれているのが見えた。

『晴明様、木陰、日向へ。思っていたより、私に早くお迎えが来そうです。三十年前、あなたたちが私の前に現れたのが、つい昨日のことのように思い出されます。はじめは、目の前で起こることを受け入れるのにとても戸惑いましたが、あなた方との生活はとても楽しかった。全ての手続きは済ませてありますので、私がいなくなったらお店のことは頼みます。困ったことがあれば、大概のことは机の引き出しに入っているノートに書いてありますので、そちらを確認してください。それと、私が亡くなった後にすることも書いています。葬儀《そうぎ》を出さなくてもいいのですが、ノートに書いている連絡先の何人かにはお知らせください。何かとお手数をおかけすると思います。お客様へもよろしくお伝えくださいね。

阿倍野結子』

遺言状を読み終えた木陰は、溜息《ためいき》を一つ吐《つ》く。

日向は私を抱きかかえると「そうかぁ」と呟《つぶや》いた。

「猫に店は任せられぬゆえ、お前たちにということだろう。お前たちは、また亡き人の思いをくみ取ることになったな」

私がそう言うと、木陰はあっけらかんとした様子で「千年以上も存在していると、こういうことは稀《まれ》にありますよ」と言う。

三十年前の冬。

行くあてのない私たちのために、結子がこの場所にいてもいいと言ってくれた。

雪の舞う曇天《どんてん》の京都、当時の日向は二十歳くらいの青年の姿で、木陰は十七歳の少年の姿。

二人は兄弟を装っていた。

寒さに震える私を抱えて、何時間も公園で座っていたのを、買い物に出ていた結子が見かねて、声をかけてくれたのだった。

「あなたたち、良かったらお茶を飲みに来ない？」と。

そこから――三十年の間に何度か姿を変えつつ、結子の営む『おでん料理　むかでや』の住み込みアルバイトとして住まわせてもらった。

彼女がこの世を去るときが来れば、また私たちは居場所を探すつもりだったが、後のことまで考えてくれていたなんて、ありがたい限りだ。

姿かたちを変え、少しずつ年を取り……今日のこの日までやってきた私と二体。

これからしばらくは、ここで同じようにして暮らしてゆけるだろう。

「ありがたいことだな……」

しみじみと感謝していると、木陰は遺言状をたたみながら私へと視線を移した。

「セイメイ様の遺言よりはスケールも小さくわかりやすいので、ご安心を」

「あのときのことをまだ根に持っておるのか？　そうやって時々、やんわりと私を責めるのはよせ」

……だが、そうだな、木陰の言う通りだ。

遥か昔に、私はなんとも酷な遺言をこの二体に残して、死んだのだから。

『私が死んだ後の世を頼んだぞ。お前たちが私の代わりに、ずっと先の世まで人の役に立つことを願っている』

千年以上前に私が言った遺言のせいで、二体は令和となった今でも、この世に存在している。

私が二体に合流したのは江戸時代初期……平安時代からそれまでの期間を二体で過ごしていたことも驚きだったが、そこから一匹と二体でもいろいろなことがあった。

まあ、それはともかく、この私の遺言の話が始まると、木陰はいつも決まってねちっこく話を続けるのだ。

「思念を送り込んで作り出しておいて、何も教えてはくださらなかった」

「まあまあ。だから、僕と二体だったんじゃない？　木陰がいたから、僕は寂しくなかったんだよ。ね！　……それに、江戸時代くらいから、セイメイ様もこうしてともにいてくださるじゃない」

それを、いつもこんな風に日向は木陰をなだめてくれる。

「……俺たちでは心配だから、化けて出てこられたのかと思いました」

「ニャァ⁉」

陰と陽に分けて作った、思業式神。

作り出した陰陽師の能力が、そのまま式にも出るらしいので、木陰のこの陰湿なところも、もしかしたら私にあった一面なのかもしれない。

そう思えば、日向の温和な性格はまさに生前の私そのものだなと、いつも感心する。

「ところで日向。結子様のご家族様への連絡先はわかったのか？」と、今日は木陰から話題をそらしてくれた。

「うーん。それがね、東京に息子がいるという情報だけではどうしようもないよ。結子様も踏み込んでほしくないのか、弁護士も何も教えてくれないし……」

首を左右に振る日向の顔を見て、私はふと思い出す。

「そういえば、結子は昔、東京に息子を残して、京都へ移り住んだと言っていたが……結婚して孫ができたと風の噂で聞いたとも言っていたぞ。誰に噂を聞いたんだろう？」

私の言葉に、木陰と日向が顔を見合わせた。

「セイメイ様が猫の姿だったから、結子様はなんでも話せたのかもしれませんね。僕たち、孫ができたという話は初耳です」

「何……？」

姿を変え、長くこの世に存在していても、理解できていないことが山ほどあるのだな。

そう、人の心が難解なことはわかっているはずなのに、理解していると思い込んでしまう。

それで時が経ち……当時のことを振り返ってみて、ハッと気づくのだ。

私を撫でながら話をしていた結子は、本当はもっと別の話がしたかったのではなかろうかと。

そう考えると、猫の姿に甘んじていたあのときの自分自身が恥ずかしくも思う。

大切な恩人の悩みを、どうしてもっと深く聞き出さなかったのか。

会いたい人がいるのなら、なぜ彼女が生きているうちに会わせてやらなかったのか。

階段に腰をかけ、私を抱いて撫でる手の温もりを、遠くで暮らす息子にも届けてやるべきではなかったのか……と。

「セイメイ様、僕たちそろそろ葬儀社の方が来られるので下で待ちますね」

「にゃぁ」

結子の部屋から日向と木陰が出ていった。襖《ふすま》の向こうで話す二体の会話がだんだんと小さくなっていく。

「日向、店の入り口に出す張り紙を書いてくれ。そうだな……初七日が終わったら店を開けよう」

「うん。わかったよ」

その翌日、慎ましやかに滞りなく葬儀は執り行われ、二体と一匹の私たちだけが参列した。連絡した者の中には葬儀に来ようとする者もいたが、なるべく静かに見送りたくてご遠慮願ったのだ。

日向が抱える遺影の中には、着物にかっぽう着姿の笑顔の結子がいた。

『むかでや』の店舗の一階は、奥が掘りごたつの座敷になっていた。

結子が帳簿をつけるときにも活躍していた掘りごたつだ。

(ここは、結子の定位置であったな……スンスン、まだ彼女の匂《にお》いがする)

結子の使っていた座布団に、横になろうとすると「セイメイ様、明日から仕込み開始しますよ」と、日向が私の顎を撫でる。

（うー、今かまうな……私は今、結子を偲《しの》んでおるのだぞ……）と思っていても、この指先には抗《あらが》えない。

「セイメイ様、ここ好きだもんね～」

ゴロゴロと喉を鳴らして答えると、木陰がなんとも言えない目つきで私と日向を眺めた。

「おい日向。猫に言っても仕方ないだろう？　猫の手なんてなんの役にも立たない」

「そんなことないよね～。セイメイ様も役に立っていますよ。なんせ、この店の看板猫なのですから。セイメイ様、聞いているのなら返事くらいしてくださ～い」

「にゃぁん」

もう、この世にはいなくなった結子だが、奥座敷の定位置で彼女が笑っている姿が思い出される。

こうして、『おでん料理　むかでや』は、人ではない私たちに営業を任されることになった。

二

初七日当日。

二階から下りてくると、明日の夜の開店準備で、一階の店舗は美味《おい》しそうな匂いに溢《あふ》れていた。

そう。式神たちが、おでんの仕込みをしているのだ。

カウンター内のコンロでは、香の物に添える昆布《こんぶ》を炊《た》きながら、こんにゃくを下茹《したゆ》でしている木陰がいる。

日向はというと……厨房の奥にある大きな寸胴の中へと入れる、出汁用《だしよう》の北海道利尻《りしり》昆布の何か所かに、パチンパチンとハサミで切り込みを入れていた。

旨味《うまみ》がよく出るようにそうするらしい。

亡き店主である結子のこだわりのおでん出汁。黄金色に輝いて、透き通っており、昆布とかつおの旨味が凝縮《ぎょうしゅく》された美しく美味しいものだ。

結子がいなくなっても、やることは変わらないのだろう。

式神たちは、三十年も結子に出汁もおでん種も作り方を仕込まれてきたのだから。

「……結子様は安心して三途《さんず》の川《かわ》を渡れるよね？」と、パチンパチンという音の合間に、日向がぽつりと問う。

「心配することはない。そろそろ賽《さい》の河原《かわら》に着いて、三途の川の手前で順番待ちのはずだ」

と木陰が答えた。

「え？　そ、そうなの!?」

すぐさま、日向は驚いた様子で私を見る。

私は伸びをして姿勢を正し、長い尾を両腕に回し座った。

「初七日には葬頭河《そうずか》の川辺に到着すると言われておる」

すると「そうずかって何？」と日向から返ってくる。

「葬頭河、またの名を三《み》つ瀬川《せがわ》、俗に三途の川と言うが、死者が初七日までに渡る川のことだ」

(そんなことも知らんのか？)と思い、ふと木陰と目が合う。

『……セイメイ様。あなたが何も教えてくださらなかった代償です』とでも言いたげな目と……

だいたい朝の十時くらいから仕込みは始まる。

開店は十七時なのだが、仕込むおでん種はなかなか多い。

いつもなら、木陰と日向の間に結子がいたのだが、もうその姿を見ることはない。

悲しみは尽きないな。

「木陰、昆布入れておくね」

「ああ、タイマーを忘れずにつけておいてくれ。それが終わったら、大根の下ごしらえを頼む」

「うん。わかった」

結子が生きている頃は、阿吽《あうん》の呼吸で仕込みをしていた彼女と二体。

言葉を掛け合うことはほぼなく、とても静かに作業をしていた。

料理をする物音だけが時を刻む、そんな空間を私は愛していた。

結子が欠けた途端に声を掛け合う二体を見て……この光景に慣れるまで、少し時間がかかりそうだと思った。

忙しくしている木陰と日向に、ずっと考えていたことを伝えてみる。

「……屋号を新しくしないか」

「え？　『むかでや』を変えちゃうんですか？」と目を丸くする日向。

「それは、結子様の意思に反するのではないのか？」と眉間《みけん》にしわを寄せる木陰。

二体とも、あまりいい反応ではないことをふまえて、私は話を続けた。

「結子も実は、変えたがっていたのだ。今の『むかでや』は、お前たちも知っている通り、ここの町名が百足屋町《むかでやちょう》だからついたんだが……」

京都市内にはざっと五百近くある町が犇《ひし》めきあっている。

昔から京都という場所は、通りで認識することが多いので、町名を屋号につける感覚はあまりないように思うが、百足屋町という文字面の印象が強くて『むかでや』になったのかもしれない。

実は、百足屋町と言っても、中京区《なかぎょうく》内には同じ町名が三か所もある。

その中でも新町通にある一番大きい百足屋町に、私たちの店はあった。

「結子さんがつけたんでしょ？」

「いいや。結子の前の店主がつけたものだそうだ」

「へえ……前に他の店主がいたんだ。知らなかった」

だんまりの木陰の隣で、日向の問いに答えながら、ふと結子が『むかでや』という屋号の話をたびたびしていたことを思い出していた。

ここへ来て、しばらく経った頃の話だ。

まだ私のことを普通の猫だと思っていた結子は、私によく話しかけていた。暖簾《のれん》を出すときや仕舞うときに、私も彼女について店の外へ出ると――

「この『むかでや』って名前……前にね、変えてもいいって言われたんだけど、縁起がいいって聞いてから、なかなか変えられないのよね。知ってた？　ムカデは神様の使いで、金運や御商売にはいいんだって」

また、別の日にも――

「……お花の名前にするのはどうかしら？　でもお花って短命なイメージがするわよね……いっそのこと、猫ちゃんの名前を屋号にしようかしらね」

あの様子からすると……いい名があったら、いつでも変えてしまいたいと思っていたのだろう。

けれど、結局は屋号を変えることなく、今日まで来てしまった。

「それなら、何かいい屋号をつけてください」

こんにゃくの表面に隠し包丁を入れながら、興味なさげに木陰が言う。

「そうだね、セイメイ様がお好きなものでいいよね」

と、日向もあまり興味がなさそうだ。

「お前たちの店だぞ？　私が決めて本当にいいのだな？」

「ですから……いい屋号でお願いします、と言っているんです。いい屋号を思いついたから、新しくしないかと持ちかけたんでしょ？」

いい屋号……木陰はやんわりと私に圧をかけているのだな。

だが、きっとこの屋号は二体とも気に入るはずだ。

「『結《むすび》』でどうだろうか」

新しい屋号は、私たちにこの場所を与えてくれた恩人の名前から、一文字もらうことにしたのだ。

私の考えた屋号は、二体にとっても思いのほか良かったのだろう。

笑顔で大きく頷《うなず》いてくれた。

「結子様の『結』で『結』ですね！　僕、とっても好きです！」

「いいと思う。決まりだな」

さっそく、真っ白な無地の暖簾に、達筆な日向が『結　むすび』と文字を書き入れた。

雨に濡れても文字が滲《にじ》まぬようにと、ひと手間かけて。

「明日から、本当に僕たちだけでやるんだね」

そう言った日向の言葉には、重みが感じられる。

「結子様も俺たちのことを、きっと見守ってくださってるよ」

日向を励ますためなのだろう、普段言わなさそうな言葉を木陰が口にしたなと思ったら、入り口の引き戸がガラガラッと開いた。

大きな段ボール箱を持って店に入ってきたのは、錦市場《にしきいちば》の八百屋《やおや》の大将だった。

(大将だ！　大将～ぉ！　今日も新鮮な野菜を持ってきてくれたのかにゃ？)

私は大好きな大将の足元へとすっ飛んでいってまとわりつく。こういったとき、なぜか猫の側面が強く出てしまう。

「にゃぁぁ～ん」

「セイメイ。わかった、わかった」

担《かつ》いできた箱をカウンター席の上へドサリと置き、大将は肉厚の大きな手で私を抱きかかえると、日向と木陰に声をかけた。

「二人とも、お疲れさんやったなぁ。結子ばあちゃんに手合わさせてもらうで」

大将が二階へと続く階段を上がろうとしたところ、日向が呼び止める。

「あ、大将。仏壇、二階じゃなくて一階の奥の座敷です」

「なんや、死んでも店に近い一階に仏壇を置けってか？　結子ばあちゃんらしいなぁ」

慣れたように大将は、靴を脱いで奥の間へ上がった。

日向も座敷へ上がり、襖が開けっ放しの仏壇前に先回りして、座布団を置く。

今朝つけた線香の残り香が消えそうだったところへ、大将が新しい線香に火をつけた。

そういえば、結子が生きていた頃はよく大将と二人、この掘りごたつ席でお茶を飲んでいたっけ。

「結子ばあちゃん、木陰と日向のことは俺も気にかけとくから、ゆっくり休みや」

笑顔の結子の遺影に、大将は優しく語りかける。

ち－んと余韻《よいん》が長く残る、りんの音。

それを、私も大将の膝の上で聞き入った。

「そうや、箱に野菜ぎょうさん入れてきたから、お前たちもしっかり食べるんやで」

「ありがとうございます」

カウンター席に置かれた箱の中を、木陰がそっと覗く。

その中には、私の好きなものも入っておるのか？

「にゃぁ～」

催促をするように鳴くと、大将の手が私を撫でた。

「おっ、忘れてへんで。セイメイにもおやつ入れておいたわ」

「にゃぁぁん！（やった！）」

「セイメイ様、良かったですね」

日向が母親のようなまなざしで私を見ている間に、私はさっそく箱の中身の確認をするためにカウンターへ飛び乗った。

箱の中を覗《のぞ》こうとすると、木陰が箱を閉めてしまう。

「ダメです」

見るくらいいいではないか……まったく。

そう思ってふてくされていると、木陰は大将に例の屋号の話を持ち出した。

「あ。大将、この店の屋号なんですが……新しく『結』にすることになりました。また、どうぞこれからもよろしくお願いします」

「そうか、そうやな。お前たちでやるんやから、ええと思う。『結』か、ばあちゃんきっと喜ばはると思うわ」

そんな八百屋の大将が帰り、しばらくすると次は酒屋の大将が訪ねてきた。

その後も、次々と結子の親しくしていた人々が線香をあげにくる。

それは、途切れることなく夜まで続いた。

結子が生きてきた証《あかし》はしっかりとここにあったのだなと思う。

そして、彼女の有していたご縁は、木陰と日向へと受け継がれていくのだ。

私は、白く長いしっぽを振りながら、その形のない受け継がれるものをただただ眺めていた。

第一章　ふろふきかぶの思い出

一

二体と一匹の営業再開は、一日目からぼちぼちといったところだった。

式神たちは、閑古鳥《かんこどり》が鳴かぬだけマシだと言いながら、毎日店を開けている。

まあ、それもそのはずだ。

おでんというものは、三月末に桜が咲くと客足が減り、次はコートを着た人が行き交うようになるまではぼちぼちなのである。

十月下旬が近づくと、私の好物である聖護院《しょうごいん》かぶが出回るようになった。

今年も日向が錦市場の大将のところで選んできた、大きく美しいかぶが箱に入って届くのだ。

この時期のかぶは甘みが増して、生でも美味しい。

今日のオススメにしようと、さっそく二体が仕込みを始めたところだ。

この機会を逃す手はない。

「にゃー！」

「木陰。セイメイ様が、味見をしたいと言ってるよ」

「……これは、店に出す商品なのでダメです。だいたい、野菜が好きな猫なんておかしいです」

猫が野菜が好きで何が悪いのだ？

もうずっと私は野菜を食べているではないか……あ。

そうか、この店で使う聖護院かぶは仕入れ値が高いと聞いたことがある。

木陰はなるべく、私に安価な野菜をと思っているんだろう。

「少しぐらい、いいではないか。この時期、きゅうりは身体が冷えてかなわんのだ」

皮をむいた、真っ白でみずみずしいかぶが、目の前に並べられているのを見ると、つい前足で『ちょうだい』と何度も切望してしまう。

「頼む～皮でもいいぞ。実が少しついた皮でいいから～！」

「セイメイ様、面取りした部分ではありますけど、どうぞ」

「にゃー！　さすがは日向！」

おでんに入れる根菜類は、煮崩れせぬようにと切り分けて、とがった部分を浅くそいで丸みを持たす工夫をする。

その料理に使わない浅くそいだ部分を小皿にのせて、日向は私に「どうぞ」としてくれた。

「そうやってまた、日向はセイメイ様を甘やかす……」

怪訝《けげん》そうな木陰のぼやきがいつものように聞こえてくる。

「どうせ捨てるのであれば、食べてもらった方が野菜を作った農家さんも喜ぶ、でしょ?」

ぼやきに対しての日向の言い分に、木陰は眉根《まゆね》を寄せて黙り込んだ。

野菜は本来、捨てるところなどない。さすがは日向。

「んにゃ、んにゃ。旬《しゅん》のものを食べると寿命が延びるというしな」

「それ以上、長生きすると、もはや妖《あやかし》。いや、もう既に妖か」

木陰とそんなやり取りをしていると、まだ開店前だというのに店の扉が開いた。

「準備中のところ悪いのやけど……入って待っててもいいか?」

入り口から覗き込んだのは、ちょうど一年前くらいに『むかでや』へ来たことのある中年の男性だった。

男性は入ってくるなり、キョロキョロと店内を見渡している。

パジャマの上に薄いジャンパーを羽織って、足元はサンダルを履いていた。

「……あの。じきに開店なので、良かったら座ってお待ちください」

開店前なので、カウンター席にはまだ表にかけていない暖簾が無造作に置かれている。

それを見た男性は、肩を落とした。

「むすび？　……なんや、店変わってもうたんか。確か、去年来たときは『むかでや』っちゅうけったいな名前の店やったんやけど……」

「ここですよ。先日、店主が亡くなりましたので、屋号が変わったんです。今は僕たちで営業してるんですけど」

日向の返答に、男性はホッとした顔をする。

「そうか！　なんや、良かった！　店が変わってなければええんや」

男性は、安堵からか近くのカウンター席に腰を下ろすと、ジャンパーのポケットから一枚の写真を取り出した。

「なあ、この人、ここに来てないやろか？」

一年くらい前、結子がまだ元気で、カウンターの中でニコニコしていた頃――

外は風が強く、入り口の引き戸がカタカタと鳴る、どんよりとした日だったが、日向が暖簾を出してすぐ、男性客が二人『むかでや』へと入ってきた。

この日のオススメも確か……「ふろふきかぶ」だったと思う。

そう思うのは、男性二人が食べていた光景を、私が覚えているからだ。

「なんや知らんけど、どうにもならんのかなぁ……」

「病院食を美味しくする話か？」

「俺の商売が、あの不味《まず》い病院の飯に革命を起こせたら……俺も会社をたたまんでええのにと思うてな」

「病院食か、まあ厳しいだろうな。だいたい大手が入ってしまってる」

「せやんなぁ」

確か食事をしながら、片方の仕事が上手くいっていないことを、もう一人が聞いてやっている感じであった。

この日の営業後、結子の話によると、男性たちは新町通沿いにある病院で知り合った入院仲間だそうだ。

いつも顔を合わせるので、次第に仲良くなり、この日はじめて『むかでや』に来たんだとか。

今日見た一枚の写真には、そのときの二人が笑っていた。

「病院で会わんようになって、もう半年になるんや。いつでも病院で会えるって思うてたから……連絡先も知らん。病院の看護師さんたちに聞いても、個人情報やからとはぐらかされてもうて。もしかしたら思うて、ここに来たんや」

「そうでしたか……」と一通り話を聞いて、木陰が私の方をちらりと見る。

どうやら、写真を見て木陰も気がついた様子。

男性の探している相手が、もうこの世にはいないだろうということを。

すると、日向が男性に声をかけた。

「もしかして、病院から抜け出して来られたんですか？」

「ああ、そうや。もう明日には退院してな、仕事を再開するんで東京へ行くことになったんや。せやから、東京に行く前に、急にこの田辺《たなべ》さんにおうておきたくなって」

「明日、良かったらこちらにお立ち寄りください。田辺さんに連絡してみます。もしかしたら、会えないかもしれませんが……」

「ホンマか⁉　ありがと！　あ、言い忘れたけど、俺の名前は中井《なかい》や。ほな、明日！」

木陰と日向は、中井と名乗った男性を表まで見送ると、再び残りの仕込みを始めた。

今朝作ったおでん出汁は、夕方になるとおでん種のたくさん入った鍋へと注がれる。

透き通った黄金色の出汁は、寸胴《ずんどう》から鍋に注がれている瞬間に空気に触れて、さらに香りが立つ。

「木陰、写真に入って確認をしてきたのか？」と私が尋ねると、木陰が「はい」と言って頷いた。

木陰は私の思念の一部だ。

それも、主に私の陰の思念を吸うことで、式神として成り立っている。

陰と陽、影と光、過去と未来……

お日様や火は陽、お月様や水は陰。

動は陽で、静は陰など。

世界を二つに分類した思想で考えると、過去は陰に属し、木陰も陰の特性を持つ。

だからなのか、木陰は触れたものに関わる人や事物の現在までの状況を知ることができるようだ。

私も生きている間に、ポンポンとたくさん思業式神を作っていたわけではないので、思業式神に関する情報は少ない。

ゆえに、木陰のこの能力をはじめて見たときには本当に驚いた。

「はい。見てきました。やはり、田辺さんは亡くなっておられます」

「そうか」

「ねえねえ。だったら、アレをするの?」

日向が言う『アレ』とは、簡単にわかりやすく言うと交霊術のことを指す。

昔、私が死んですぐは、木陰と日向は交霊術で生計を立てていたそうだ。

木陰が言うには、交霊術でも人の役に立つことができたという。ただ、平安時代末期から江戸時代中期頃までは、占いや交霊術で生計が立てやすかったこともあったのだろう。

私がこの猫の身体を持ち、彼らに合流したあとはそうもいかず、その姿を変えては飲食店や旅籠《はたご》などで働きつつ、全国各地を転々としてきた。

今、交霊術に関してはというと……

木陰と日向はその力を使って、結ばれていたのに迷子になったご縁……『もう一度会いたい』という人々の『想い』を繋げている。

具体的には、死してなおこの世に残っている『玉《たま》』――いわゆる魂のことを昔からそう呼んでいるのだが――その玉の想いを生きている者と繋げることで成仏させている。そんな形で、式神たちは私の遺言を果たしているようだ。

「木陰、いつも通り僕が田辺さんを降ろすよ」とにっこり日向が木陰を見た。

「わかった」と返事をした木陰だが、交霊術にはいろいろと準備がいる。

生きている人を扱うより、実は大変なのだ。

私が二体と合流したとき、驚かされたことがある。

理由はわからないが、二体が行う交霊方法が、本来、人間がするそれとはちょっと違っていたのだ。

彼らの交霊は、静かな場所と降ろしたい亡くなった人の記憶や思念が染み込んだ品物があればいいと言う。

なので今回なら、この写真で十分事足りる。

「ここのところ、結子様のお見送りでバタバタしちゃっていたから久しぶりじゃない？」

「たった一ヵ月そこらだろ……営業が終わったら、田辺さんの様子を見に行かないと」

どうやら、木陰は田辺さんを降ろして大丈夫かどうか、確認したいようだ。

なんでもかんでもは降ろせないと、以前木陰は言っていた。

遥か長いときの間で培《つちか》った経験から、慎重になっているのだろう。

そして――

この日の営業がつつがなく終わり、店の片づけが済んだあと。

木陰と日向は、二階の自分たちの部屋へと上がっていった。

私も二体と一緒に階段を駆け上がる。

彼らは部屋の明かりをつけず、もうじき満月を迎える月の明かりだけを頼りに、向かい合う姿勢で座った。

「さてと。日向、写真を」

「はい」

二体は瞼《まぶた》をつむり――木陰の両手は写真を挟んで、胸の前に合わせられた。

木陰は小さくブツブツと呪文を唱えはじめる。

私も木陰の横に座り、様子を窺《うかが》うことにした。

するとしばらくして、窓の外からスッと光の玉が滑り込んできた。

「ようこそ。田辺さんですね。僕は日向といいます」と日向が話しかける。

「私は木陰です。今日、あなたに会いたいと言う人が訪ねてきました。お心当たりはありますか？」

その瞬間、光の玉が人の姿へと変わった。

「私がこの店に呼ばれたということは……この店で以前、飲んだ中井さんですかね？　病院でできた連れです」

「この写真の方で間違いはありませんか？」

木陰の手にある写真を見せると、田辺が頷くのがわかった。

「田辺さん、何か中井さんに伝えたいことがあったのではないですか？」

続いて日向が話しかけると、田辺は驚いた顔をした。

「どうして、それを……？」

「これはおそらくですが……あなたの想いが中井さんの心に届いたから、今回、中井さんがあなたに会いたくて仕方がなくなったのだと思います。もちろん、中井さんも田辺さんと最近会えないことを懸念《けねん》していたはずですが」

日向の言う通り、残した想いというのは、実はちゃんと相手にも届いているものだ。

生きている人間が、ふと誰かを思い出す。

それは、生きている人間同士でも、どちらかが亡くなっていても同じで、さらに動物と人間の間にも起こることがある。

強く会いたいと思う気持ちが次第に大きくなり、実際に行動に起こした今回の中井のような場合、お互いが引かれ合っていたというのが正しい。

田辺も、何か誰かに想いを残して亡くなったから、すぐに私たちに呼び出されたのだ。

「……彼は仕事のことをすごく心配していたので、何か力になれればと動いていたんです。たかが病院で会う人のために、そんなことまでするのかと笑う友人もいましたが」

「中井さんとのご縁が強かったのですね」

日向が穏やかに言った。

「ご縁……？」

「ええ。繋がったご縁が強かったから想いが届いたのでしょう。明日、ここに中井さんが来られます。中井さんに何か言いたいことがあるのなら、お手伝いしますよ」

縁は繋がる時期やタイミング、またその強さがあらかじめ決まっているという。

中井と田辺のご縁もそんなタイミングで繋がったのだろう。

数秒遅れていたら、出会わなかったかもしれないという経験は誰しもあるはずだ。

また、ひょんなことから知り合う程度の出会いでも、大きく実を結んだりすることもある。

人の縁とは不思議なものだ。

「では、明日、私がお呼びするまではここに入っておいてください」

田辺が首を縦に振ったので、木陰がそばに置いていた陶器製の小さな瓢箪《ひょうたん》の置き物を指さした。

「木陰さん、日向さん、ありがとう」

田辺の玉は、その瓢箪の置き物へと吸い込まれていく。

二

次の日。

十七時五分前になると、『結』では、木陰が奥の間に『ご予約席』と書いたプレートを置いた。

そこへ、日向が白装束《しろしょうぞく》を着て二階から下りてくる。

「木陰、僕の方は準備万端だよ～」

足取りが軽い日向は、奥の間の座敷にちょこんと座る。

彼の手には、昨日の田辺の玉が入った、瓢箪の置き物が握られていた。

木陰が置き物を日向から受け取ると、その置き物に向けて話しかける。

いよいよ、交霊が始まるようだ。

「田辺さん、今からあなたが入る器を用意します。瓢箪の栓《せん》を抜いたら、すぐ近くにある白装束の人形へ、お移りください。しかし、何点か注意事項がありますので、今から説明します」

木陰は浅く呼吸を整えると、日向に目くばせをした。

日向はというと、木陰の合図のあとにすぐ、ただの木の人形と化してしまう。

本当に、木でできたのっぺらぼうの人型だ。

思業式神は、あらゆる姿に変わることができるのだが、こののっぺらぼうが素の姿である。

「いいですか、田辺さん。あなたは少しの間、生きていた頃に近い状態へと戻ります。それは、生きている人に認識してもらえ、食すことはできませんが、食べ物の匂いや味がわかるようになります……お酒や飲み物も嗜《たしな》むことができます。中井さんとの時間は、あまり長くはありません。二時間をお過ごしいただいたあとは、用意した器から出て、この瓢箪にお戻りください」

瓢箪の中の玉が、コロコロと鈴のような音を出す。

どうやら、田辺が木陰の説明に対して、承諾をしている音のようだ。

次の瞬間――木陰がスポッと瓢箪の栓を抜く。

開いた途端、光の玉がスッと瓢箪から出てきて、器である木の人形を見つけると、その中へ入っていった。

十七時を過ぎると、のっぺらぼうはちゃんと田辺という人間の姿になっている。

さも不思議そうに、器である身体をしげしげと見つめながら、やや興奮している様子だった。

「田辺さん」

と木陰が声をかけると、田辺はびくりと身体を震わせた。

「あ、ああ。大丈夫です……ちょっと、不思議な感覚だったもので」

「そりゃそうだろうにゃ」

「うわっ！　猫が喋《しゃべ》った⁉」

「田辺さん、すみません。セイメイ様、急に喋《しゃべ》るとびっくりするでしょ」

「田辺、私は見た目は猫だが、中身は人間なのだ。そう驚くことはない」

「ひぃっ！」

私がすり寄ると、田辺は仰《の》け反《ぞ》って全身で驚きを表現する……これは面白い。

「いや……驚きますって。みんな普通は、化け猫だと思うものです」

「また化け猫などと……木陰、お前は少し言葉を選んだ方がいい」

「これでも言葉は選んでいます。それに、わざと田辺さんを驚かせていることも知っているんですよ？」

「フニャ〜！　いいだろうが、生きた人間を驚かせているわけではないのだから」

私と木陰が言い合っていると、様子を見ていた田辺が困惑した面持ちで近寄ってきた。

「あの……だ、大丈夫です。少し驚いただけですから。それより……」

「ああ。もう間もなく開店します。そうすれば、中井さんが来るはずです」

木陰はそう言って、おでん鍋の様子を見に、カウンターの中へ入った。

落ち着かないのか、少しソワソワしている田辺。

木陰は日向がいない分、今夜の営業のことを心配しているように見える。

「そんなに心配なら、店の前に『本日貸し切り』と貼ればいいのに」

と私が声をかけるのだが……

「……このおでんを求めて来る方々に悪いので、それはしません」

と強い口調で返事をした。

木陰のこういうところは、嫌いじゃない。

まあ、私の思念でできているのだから、こういう真面目《まじめ》なところがあるのだろう。

などと、ぼんやりと考えていたとき――

ほんのわずか。数秒といってもいいほどの間……私と木陰は、田辺から目を離してしまっていた。

「にゃ！　田辺がいない！」

「あっ、待って‼　クッ……セイメイ様ぁ‼」

身体が勝手に動いていた。

私は田辺を追うべく、すぐさま店の外へと飛び出していたのだ。

走りながら以前、日向から聞いていたことを思い出す。

身体を与えられた玉は『欲』が出る、と。

(ううっ。猫の身体能力を舐《な》めるな――！)

十月の日の入りは早い。

既に街頭が灯《とも》り、一方通行の新町通を行く車もヘッドライトが点いている。

路地を出て、北か南か……田辺はどちらへと向かったのか。

おそらく、人の多い繁華街へと出るには、ここから近い四条通《しじょうどおり》へと向かうだろう。

身の安全を考え、私は屋根から田辺を追うことにした。

すっかり暮れた空に昇る、丸いお月様の光が、私の白い身体を照らしはじめる。

屋根から屋根へ、いくつか飛び越えた、そのとき――

変な走り方をする、白装束の男を見つけた！

（いた！　田辺だ！　ここからなら……取り押さえられるか……！）

その瞬間、私は飛んだ。

猫がその背に飛び乗れば、きっと田辺も立ち止まるに違いない……と思ったのだ、が。

（あれ？　あれ？　なんだか、身体がおかしい……？）

急に身体のあちこちが膨らんでいるような気がした。

それに、田辺の背中に近づいていくたび、月に照らされた私の影が徐々に大きくそこに映し出されていく。

私の視界いっぱいになりつつある田辺の背中……その私と彼の間に、急に木陰の姿が現れた。

「えっ？　うわぁぁっ！　木陰！　ぶつかるっ！」

あっという間の出来事だった。

木陰は、片手で田辺の首根っこを捕まえ、もう片方の手で私をやすやすと受け止めた。

抱きかかえられた腹部に衝撃が走り、ぶらんと揺れる人間の子供の手足が私の視界に入った。

「はっ？　な、な、な、なんだーぁ、これは‼」

これは私の……もの？　私は今、猫ではなく人間の子供になってしまったのか⁉　それも裸の……

捕まった田辺はというと、いきおいよく木陰に頭を下げた。

「すすす……すみません！　木陰さん、これにはわけがあって！」

「田辺さん、セイメイ様。ひとまず、店に戻ります。話はそのあとで」

冷静な木陰が、私を地面へ降ろすと、伏し目がちに着ていたジャンパーを脱ぎ、私をそのジャンパーで包む。

そして、再び私を抱き上げた。

項垂れる田辺の肩には手を添えて。

木陰は裸の子供と、白装束のおじさんを連れ、人目が集中するこの場をあとにした。

『結』へ戻ってくると、店の前に中井さんが立っていた。

「田辺さん！　来てくれたんか！　……あれ、どうしたんや、その格好。もしかして、まだ病院に入院しとったんか？」

まあ、今の田辺の姿を見ると、入院患者に見えないこともない。

どちらかというと、棺桶《かんおけ》から出たばかりのような姿だが、ここは中井の勘違いも、木陰からするとありがたいのではないか。

それにしても寒い。

「寒いから、中に入ろう」と私は木陰にそっと耳打ちした。

しかし、どうして私は人の子の姿になっているのだろうか？

木陰は、おじさん二人を奥の間に通すと、ビールと熱燗《あつかん》とアテの用意をして振る舞った。

なんとも愛想のない振る舞い方だが、話がいい感じで盛り上がるおじさん二人にとってはどうでもいいことらしい。

木陰はニコリともしないまま、一旦外に出て、入り口の表側に張り紙をして戻ってきた。

「おお、木陰。やはり今夜は『本日貸し切り』か？」

「当たり前です。こんなことになっているのに、他の客の相手なんてしていられません」

「こんなこととは？」

「まったく。ほら、行きますよ。裸ジャンパーのままで過ごすんですか？」

「あ、なんだ。私のことか」

木陰はヒョイと私を肩に担いだ。

「おい！　私は荷物ではないぞ」

「……大人しくしていないと、落としますよ」

「ひぃ。お前ならやりかねない……だが、ここを離れて、また逃げられたらどうする？」

すると木陰は、おじさんたちを一瞥《いちべつ》してフッと鼻を鳴らした。

「大丈夫です。ここから出られないように結界を張りましたから」

『結』の二階は住居スペースで、主に寝屋《ねや》となっている。

部屋は二つあり、一つは式神たちの部屋で、もう一つは今は亡き結子の部屋だ。

裸ジャンパーの私を連れて木陰がやってきたのは、その結子の部屋だった。

「ここは……結子の部屋ではないか」

「はい。結子様の部屋です。ここになら、その姿に合った服があるかもしれません」

「子供用の、か？」

「そうです」

「……結子の部屋に子供用の衣類があるわけがなかろう？」

「あ、ありました！」

「なに？」

結子の部屋の片隅にある、年季の入ったタンス。

その一番下の引き出しには、赤子から十五歳くらいまでの、男女の真新しい衣類がそろえてあった。

もしかして、噂で孫ができたと聞いたから、会う予定もないだろうに買っていたということか。

「木陰、ここに子供用の服があるのを知っていたのか？」

「いえ。ですが、結子様は時折、百貨店の紙袋を手に帰ってきたことがありました。包みにはその時々によって、ブルーやピンクのリボンがかけられていて、プレゼント用のお買い物をされたのだと、すぐわかりました……そのプレゼントの包みが、数日後にはゴミ箱へ捨てられていました。では、中身はどうしたのだろう？　とずっと考えていたのです」

「では……」

「はい。私の勘が当たりました。中身はここにあった」

結子が孫のためにと買っていたプレゼント。

使われることなく綺麗《きれい》に仕舞われているのを目の当たりにすると、なんだか胸が詰まる。

「こちらを拝借しましょう。裸のままでいられては、通報されますから」

「わかった。そういう時代なのだから、仕方ない」

木陰は、淡いピンクの長袖のワンピースを手に取ると、私に合わせてみた。

「……それは、女子用であろうが。何かの当てつけか？」

私は、いつもの木陰の嫌がらせもここまで来たかと思って、にらみを利かせると、木陰が小さく溜息を吐いた。

「セイメイ様、お気づきではないんですか？」

「何をだ」

「その身体ですが、女の子です。あえて言うなら、猫の姿のときにも、ついていませんでしたけど」

「ついていない？」

「はい。そうです。ついていません。先ほど、ジャンパーをかけたときにもチラッと確認しましたが」

「⁉」

私は、かれこれ二百年近くは猫の姿だった。

やけにオス猫が寄ってくると思ってはいたが……それは、私に天性の人気があるのだと思い込んでいた。

いやはや、まさか性別が違って生まれてきたなどとは思いもよらなかった。

なんだったら、猫の姿ではあるが、中身は人間である。

この姿であっても、人間のつもりで生きてきたのだ。

「メス猫の身体で生まれてきた……？　まったく気がつかなかった……」

「今は、人間の女の子の姿です」

木陰は服を選んでくれた。

コーデュロイ生地の淡いピンクの長袖のワンピースだ。

それだけでは寒いので、と結子が生前に着ていた、結子の手編みの赤いニットのベストを着ろと言う。

私はそれを受け取り、木陰が一階へと戻っていく足音を聞きながら着替えた。

結子の部屋にある姿見《すがたみ》で容姿を確認すると、十歳から十二歳くらいの女の子がそこに立っている。

猫のときと同じく、目の色が片方ずつ違うこと以外は人間の姿だった。

「……どうして、このようなことになったのだか。神がいるとしたなら趣味が悪い……でも、まあ……なかなかの可愛《かわい》さではないか？」

このような経験もなかなかできることではないと思い直し、私は一階へと下りていった。

そして一階では――

何やら楽しそうに話をしている、おじさん二人の声が聞こえてきた。

三

「セイメイ様、すぐお野菜出しますから、そこのカウンターに座って待っていてください」

「わ、わかった！」

木陰の方から野菜を用意してくれるなど、はじめてな気がする。

女の子の姿だからか、気を使ってくれているのかもしれない。

木陰は柄《え》が黒檀《こくたん》の盛箸《もりばし》で、おでんを一品一品小皿に盛りつけている。

玉子は半分に切り並べ、お出汁を注ぎ浅葱《あさつき》を散らす。

牛筋は甘辛く煮込んだものを茶碗蒸《ちゃわんむ》し用の器へ入れて、そこにも浅葱と一味を入れ、お出汁を注ぎ蓋をした。

言わば懐石料理のように、この店はおでん種を器の中で仕上げて、見目麗《みめうるわ》しい状態でお客様に出しているのだ。

盛りつけが完成したおでんを、木陰がテーブルへと運ぶ。

「こちら、玉子と牛筋です。熱燗、おつけしましょうか？」

「ああ、悪いな。頼むよ」

と田辺が答える。すると、中井も口を開いた。

「いやぁ、こういう風におでんを出す店だった。思い出した。ちょうど一年前だった」

「あの日も、こういう料理の出し方が、客を急《せ》かさないというか、ゆっくりできてええなぁって言っていたな。『これは、おでんじゃない』って、お前は言うてたけど」

「そうだったか？」

「そうや」

ははは、とおじさん二人は声を上げて笑った。

「おい、もっと食べんと元気にならんで？」

中井は、田辺が食べていないことに気がついたのか、玉子の皿を勧めた。

「ああ。食べたいが……あんまり食べられないんだ」

「明日、病院で検査なんか？」

「まあ、そういった感じだ」

「そうか」

病気のフリをするとは、なかなかやるな田辺。

しかし、せっかく中井に会えたのに、あまり嬉しそうに見えない。

「そんなことより、私に会いたいって思ってくれてありがとう」

田辺は、私たちから聞いていたから、そう口にしたのだろう。

すると続けて……「もう会えないから、私も会っておきたかった」と言う。

「え？　なんや、そんなに病状が良くないんか？」

「あ、いや。俺のことはいい。ところで中井さん、仕事はどうなんだ？」

田辺は自分が死んでいることを、中井に伝えられない。

このような席を設けるのは、自分が死んでいることを知らない人とだけだからだ。

木陰は、田辺にそう説明していた。

死んだ人間に会えるとなると、口止めをしても、どこからか情報が漏れ、希望者が殺到する。

そんなこの世の摂理《せつり》に反したことをし続けていたら、いずれ様々な問題が出てくるだろう。

実際、木陰と日向はそれが理由で住処《すみか》を転々としていた時期もあったらしい。

京都に戻ってきたのも、私と合流してからの話だ。

二体と合流したときに、お互い京都弁ではなくなっていたことに一番驚いたものだった。

「はい。セイメイ様。どうぞ」

目の前に出されたモリモリの綺麗なお野菜たち。

私の頬《ほお》が自然と緩んでいくのがわかる。

それも、皮や端切れなどではないのだぞ？

人間たちがレストランなどで頼むような『サラダ』というお野菜盛りだ。

「こ、これ……私が食べてもいいのか？」

「どうぞ」

「わあ！　おお。器の中で野菜たちが煌《きら》めいておる！」

京焼の器の中には、新鮮な聖護院かぶに金時《きんとき》人参のスライス、京みず菜。

そこに、日向が育てた、可愛らしい二十日《はつか》大根が添えられている。

「人間らしく、ドレッシングもかけますか？」

「いや、塩で食べる」

「かけすぎないようにしてくださいね」

「わかっておる！」

シャクシャクと生のお野菜を堪能《たんのう》していると、すぐ近くのおじさん二人の会話が自然と聞こえてくる。

木陰が運んできた熱燗を二人で注いで、何回目かの乾杯をした。

「仕事なぁ……アカンかったんや。で、連れの仕事を手伝うことにした。明日から東京に行くんや」

「……間に合わなかったか。ごめん」

田辺が中井に頭を下げた。

「田辺さんが悪いんちゃうやろ、頭下げんでくれ」

「もっと早く、私が伝えていたら――これ……」

そう言いかけて、田辺は中井に何か紙を手渡す。

「これは……！」

「たいしたことはできないけど、ここの社長さんがいつでも話を聞くって言ってくれている」

それは、田辺の知り合いの人の連絡先で、中井にとっては救世主にもなり得る相手だった。

「遅いかもしれないが、もし何かあれば相談するといいよ」

「……ありがとう、田辺さん……」

よほど嬉しかったのだろう。消え入りそうな声で、中井は深々と頭を下げた。

「お待たせしました。こちら、今日のオススメ『ふろふきかぶ』です。上にかかっているのは白みそになります」

ちょうどいい頃合いで、木陰は今日のオススメをそれぞれ二人の目の前に出す。

グリーンブルーの少し深さのある皿に、出汁で煮込んだ白い聖護院かぶが半分。

見覚えのあるであろうおでん種に、田辺も中井も顔がパッと明るくなった。

「中井さん、これ。一年前にもいただきましたよね」

「ああ。これこれ。女将《おかみ》さんのオススメしてくれはったヤツや」

田楽用の白みそがかかっていて、おでん出汁の湯気《ゆげ》が立ち昇っている一皿に、二人は同時に箸を入れた。

スッとかぶは二つに割れて、箸でつまんだかぶに白みそを絡め、口へ運ぶ。

「美味しい……あの日の味だ」

「ああ、確かにこの味やった。旨《うま》いなぁ」

もちろん、田辺は食べたフリだった。だが、しっかりと味は感じている様子だ。

「あのとき、女将さんがこのかぶ出したとき……何か言っていたような気がしないか？　なんだったかな……」

「ん？　せやったか？　オススメしてくれはったときとちゃうか？　確か……」

「『晴れ晴れと』だ！」

　中井と田辺の声が重なった。

『今日のオススメは、ふろふきかぶなんですよ。聖護院かぶは、花言葉が晴れ晴れとやし、とても縁起のいいおでん種やなぁと、私は思っているんです』

　人を幸せにしたいと願いを込めて結子が仕込んだ料理を、男二人が今にも泣き出しそうな顔をして食べていた。

　病院から抜け出し、美味しいものを求めてたどり着いた二人。

　病気と闘いながら、仕事を失いそうな男と、それをどうにかしたいと思った余命いくばくもない男。

　結子は、二人のただならぬ佇《たたず》まいを見て励ますつもりで、この『ふろふきかぶ』を勧めたに違いない。

「せやったわ。晴れ晴れとって言うとった。今日、ここでふろふきかぶ食べたんも何かの導《みちび》きかもしれん……俺も、晴れ晴れと気持ち切り替えて頑張るわ！」

「応援してますよ、中井さん」

　それから数十分、二人は楽しげに話したあと、中井は田辺に何度も頭を下げて帰っていった。奥さんが東京行の荷物を詰めて、家で待っているからと言って。

残された奥の間には、田辺さんが暗い面持ちで座っている。

どうやら、彼は『晴れ晴れと』とはいかないようだ。

「お酒、もう一本もらえますか？」

中井が帰った後も、ちびちびと残りの酒を飲んでいた田辺。

彼が酒の追加を頼んできた。

日向の器から出る時間も迫ってきているというのに。

木陰が新しい熱燗を掘りごたつへ運ぶと、田辺はすぐにお猪口《ちょこ》に酒を注ぎ、それを勢いよく飲み干した。

「木陰さん。味はするけど、いくら飲んでも酔わないのです……酔えないのなら、どうか、私も『晴れ晴れと』あの世に行けるようにしてもらえませんか？」

想像もしていなかった言葉に、木陰は少し唖然としたのか、すぐには返事ができない様子だった。

「……田辺さん、あなたはもう、この世でできることの方が少ない。晴れ晴れとなんて……」

やっと口を開いたかと思えば、木陰はなんとも不親切な言葉で濁《にご》した。

何ができるかはわからないが、できるならば田辺には『晴れ晴れと』あの世に戻ってほしい。

先ほど、日向の器を奪ってどこへ行こうとしたのやら。

もしかしたら、その理由を聞けば、『晴れ晴れと』あの世に帰ってもらう方法が見つかるかもしれない。

「それでは、逃げた理由から聞かせてもらおうか」

「こ、この子って空から降ってきた子……⁉」

私が急に話しかけたせいか、田辺が目を白黒させている。

「まったく、よく驚くヤツだな」

「セイメイ様、いきなり話に入ってくれば驚きます。それに、女の子がそのような言葉使いをしてはいけません。あ……田辺さん、この子は開店前にいた白猫です。わけあって、今は人の子の姿をしていますが……」

「はあ。わかりました」

木陰の言葉で、田辺はあっさり大人しくなった。

（にゃ？　わ、わかったのか？　わけあって、のわけはわからないのだぞ？）

すんなり現状を受け入れてしまう田辺に、私の方が驚いてしまう。

「では……その逃げた理由を聞かせていただけますか？」

「そうだ、なぜ逃げた？」

田辺は小さく溜息を吐いて、姿勢を正し、話を始めた――

彼は入院中、血液のがんと結核を併発したことで隔離され、この世を去った。

田辺本人の予定では、長生きして孫や家族に見守られながらの死をイメージしていたので、こんなに死があっけないものだとは思わなかったそうだ。

今回、木陰に中井との再会を聞かされて、思い出したことがあるという。

それは、小さいけれど叶《かな》えたかった約束だそうだ。

中井との約束の他にもしていたという、別の約束。

話は一年前――中井との飲みを終えた日に遡《さかのぼ》った。

「あの日、私は久しぶりにいい気分でした。大人になってできた友の役に立ちたい、そう本気で思い、きっと役に立てるだろうと勝算もあり……喜びに打ち震えていたんです」

私が思うに、あの日はかなり酔っていたように見えたが、嬉しかったのは事実のようだ。

人間の記憶など、一年も経つといい感じに美化されて、三割ほど何かが上乗せされる。

この田辺もきっとそうに違いない。

「すぐに、知り合いの社長に中井さんのことを話して、彼のことを頼んだんだ。私はその社長の名刺を持って、他にも何か役に立てないか模索したよ」

「あなたは、いい人ですね」

「いや。結局私は、そのまま約束を守れずに……死んでしまった。いい人なんかではないですよ」

「……ん？　では、もう一つの約束は誰といつしたんだ？」

田辺は、思い出したように口元を緩めた。

「そうでした。中井さんと会ったあと、結核の診断が出て、それから妻に電話でここのおでんの話をしたんです。美味しかったと話したら、退院したら連れていってねと言うので、いよって私は答えました……その後、妻が言ったんです。『ふろふきかぶのおでんなら食べられそう？』って。何か差し入れしたいからって……」

「奥様が作ってくださったんですか？」

「はい。ここのおでんのような上品な味付けではありませんが……妻のふろふきかぶも美味しかった。呼吸が苦しくて、ゼリーしか食べていなかったからですかね。今は、テレビ電話というか、スマートフォンで顔を見ながら話せるので、隔離されていてもふろふきかぶを食べているところを見てもらえて良かったのですが……まさか、それからあっという間に死んでしまうなんて、妻も思わなかったと思います」

「そうでしたか……」

話を聞いて、木陰はきっとこう思っているだろう。

これは、何もしてあげられないなと。

「田辺は、奥さんをここに連れてきたいのか？」

「セ、セイメイ様……⁉　それはできません」

「ははは、そうですよね」

明らかに田辺の肩が落ちたように見える。

頭ではわかっていても、本当は中井のときのように会って、時間をともにして話したいのだろう。

「……ここへ奥様を連れてくることはできるかもしれません。俺はそういうのは苦手だけど……日向なら、たぶん」

思いもよらぬ木陰の言葉に、田辺も私も目が点になっていた。そして、木陰はこう付け加えた。

「田辺さん、この店から逃げたとき、奥様に会いに行こうとしていたんですか？」

「ええ、そうです。お恥ずかしながら……」

「ここから歩いて行ける距離に奥様がいるということは、日向にならなんとかできる」

「なんだ、その変な理屈は！」

「いえ、セイメイ様、大丈夫です。その代わり、田辺さんには、最初に入っていた瓢箪に戻ってもらわなくてはいけませんし、もちろんそっと奥様を見守ることしかできません……ただ、ふろふきかぶを食べてはもらえるかと」

それなら約束は確かに守られる。

田辺側からすればの話だが。

当の奥さんには、そこに田辺がいることがわからない。

それでも良ければと、木陰は言っているのだ。

「はい！　最後に彼女と会えるのなら」

田辺は、考えるまもなく目を輝かせて、頷いた。

四

私はどうにかして、二人にいい時間を過ごしてほしいと考えていた。

だが、死んだとわかっている者を生きている者に会わせるわけにはいかない。

木陰が考えた方法は、奥さんが『結』のふろふきかぶを食べているところに、瓢箪から玉となった田辺を開放するというものだ。

果たして、それだけでいいものか。

悩みつつ、私は現在も人の姿のままで、日向と手を繫いで外を歩いている。

「ホント、セイメイ様は可愛いねぇ」

「日向。そう、可愛い可愛い言うな」

「ねえ？　僕のことはなんて呼ぶんだった？」

「……日向にいちゃん」

「良くできました」

田辺が瓢箪へ戻って、日向が日常に帰ってきた。

帰ってきてからというもの、ずっとこの調子である。

「妹がいたら、こういう感じなのかなぁ～」

このお気楽者め……と、なんだか腹に据《す》えかねるものがある。

「日向、今、こうやって手を繫いで歩いているが、よ～く考えてみろ」

「え？」

「おじいさんの安倍晴明と、のっぺらぼうの木の人形が手を繫いでいるのだぞ？」

「………」

現実は厳しいものだ。

私の作った式神ならば、やはり物事の本質をきちんと見ないといけない。

するると、日向から思わぬ言葉が出てきた。

「セイメイ様、今が一番大切なんだよ。今を楽しめないと意味がない」

「お、お前……意外にも時代に合ったものの考え方をするのだな……」

「当たり前じゃない。僕たち式神はあなたの思念でできてるんだから。あなたが考えている通り、思考なくしては式神にあらず、じゃない？　過去を振り返っても戻れない、未来を憂《うれ》えたら立ち止まってしまう。だから、今を生きないと」

「（式のくせに生きる？　まあ、確かにそうではあるが……）なかなかに深いことを言うな……」

千年以上も、人に紛れて存在していると、思業式神でもこういうものの考え方ができるようになるのか。勉強になる。

いや、いかんいかん。

そんなことよりも、田辺をどうするか考えねば。

日向と手を繋ぎながら、新町通を下る。

田辺が逃げた南方向へと歩いているのだ。

その先には東西を通る、錦小路通《にしきこうじどおり》がある。

それを越えると四条通が見えてくる。新町通は北へ一方通行の通りなので、四条通から入ってくる車が多い。

「セイメイ様、抱っこしましょうか。車が危ないので」

確かに、道が狭く、手を繋いで歩くには危険だ。

「……仕方ない。ほれ、抱っこ」

両腕をばんざいして、日向に向き合うと、自分で言い出しておいて「仕方がないなぁ」と嬉しそうな顔で私を抱っこする。

そんな日向に抱えられて四条通に出ると、交通量がかなり多く、大きなバスもたくさん走っていた。

いつもは猫の姿なので、この通りを渡ることはないが、いざ車がたくさん目の前で行き交うのを見ると、身が縮む思いだ。

それに、この大きな音。

私は日向の首に腕を回して、ぴったりとくっついた。

そんな私の気持ちを察したのか……私の背中をポンポンと軽く叩《たた》いてくれる、日向の手がとても温かい。

「怖くないですよ。僕がいますから……信号を渡りますね」

「ああ。頼む」

田辺の奥さんの仕事先は、四条通を渡り室町通《むろまちどおり》との辻向かいにある大きな書店に入ったスーパーマーケットだ。

「信号とやらを渡ってしまえば、こっちのもんだ」

人間が来れば、それを察知してガラスの扉が勝手に開く。

店の中に入ってすぐに、日向は私を降ろした。

「さあ、セイメイ様。着きましたよ。この書物の店の奥にスーパーマーケットが入っていると聞いています。僕も、ここははじめて来るので……あ！　セイメイ様‼」

日向が何か言っているのはわかっていたが、うずうずして身体が勝手に動き出していた。

目の前には、色鮮やかな書物がたくさん並べられているではないか！

「……な、なんだ！　この書物の山は！　は、はじめて見た！」

この状況にじっとしていろという方がムリというもの。

「セ、セイメイ様……後で、本を買ってあげますから。さあ、行きますよ」

「え？　後は嫌だ。今がいい」

大きな溜息が、日向から発せられたのがわかる。

後に、日向からこのときのことを「子を持つ親の気持ちがわかった」と聞かされた。だが、好奇心を止められる猫などおらんのだ。

現代の文字に慣れない私は、絵の多い本を一冊買ってもらうことに成功する。

そして、スーパーマーケットへと続くスロープを上っていく。

「セイメイ様、あのレジのところに、何人かの女性がいます」

「あのうちの一人が、田辺の奥さんか？」

「そうかもしれませんね」

さて、ここからどうするか……と考えようとしたら、急に日向が店員さんの一人に声をかけた。

店員さんの胸には名札がついていて、そこに『田辺』と書いてある。

「あの……聖護院かぶって売っていますか？」

「確か、入荷があったと思います。どうぞこちらです」

物腰柔らかなその女性は、にこやかに日向と私をお野菜のコーナーへと連れていってくれた。

聖護院かぶは、旬ということもあり、お野菜コーナーの目立つところに並べられていた。

形のいい美味しそうなかぶがたくさんある。

とても美味しそうで我慢ができず、日向におやつに買ってとせがんだ。

「あら。お嬢ちゃん、お野菜好きなんですね」

「はい。この時期、かぶはどんな料理でも使えていいですよね。うちではふろふきかぶや、サラダにするんですけど……」

そう日向が話すと、店員さんはスッと悲しそうな表情に変わった。

そのとき——

彼女の想いが、私の目の前に現れた。

『ふろふきかぶ……あの人の言っていたお店って、どこにあるのかしら。変な名前の店だったって言っていたけど、食べてみたかったわ』

そう、私は誰かの強い想い自体を目視することがある。

普通の人がたまたま耳に聞こえてくるように、私にはたまたま文字化された強い想いが視《み》えるのだ。

いつからこんな芸当ができるようになったのかというと、猫へと転生してからだった。

この声はどうやら私——安倍晴明にしか視えない。

木陰も日向も視えないらしいからな。

本当は目を凝《こ》らせば、ありとあらゆる人の想いの声が視えるのだが、百年ほど前から視える量を自身で調節できるようになった。

誰かが誰かを想う声そのものに行き場がないからなのか……聞こえてくるたびに、切なく胸が痛むことも多い。

「……ねえ。私のところにふろふきかぶ食べに来る？」

私の口から、とっさに出た言葉だった。

絶妙な間で出た言葉ではあったが、子供の言うことだからか、田辺という店員さんは変に思わなかった様子だ。

それに、現れた想いのおかげで、この店員が田辺の奥さんであると確信できた。

「こらこら。店員さんもお忙しいんだから。すみません」

「あ、いえいえ」

「ですが、もし良かったら来てください。うち、おでん屋をしているんです」

「おでん屋さん……ですか？」

「ええ。ふろふきかぶも出しているんですよ」

「そうなんですね……じゃあ、急ですが……今日伺ってもいいかしら？」

「もちろん」

日向と私は『結』の地図を田辺の奥さんに渡して、無事に店へと戻ってきた。

「木陰、任務完了だよ」

「そうか。自然にできたのか？」

「セイメイ様のおかげでね」

ポンと頭の上に乗せられた、日向の大きな手。

この手は、いつも私を撫でてくれるし、褒めてもくれる。

幼い頃に父や母に撫でられた、遠い遠い昔を思い出すくらい、撫でられると嬉しい。

「それで、セイメイ様は何を買ってもらったのですか？」

服の下に隠した書物は……簡単に木陰にバレてしまった。

「い、いや……これは……」

木陰の視線が、私から日向に移る。

「日向、無駄遣いをしたな」

「無駄？　そんなことはないよ。せっかく人間の姿なんだから、人間らしいことしたいよね？」

「うむ」

猫の姿でも文字は読める……が、自分で選ぶことは、この姿でないとできない。

日向の言う通りだ。

私も久方《ひさかた》ぶりに人間らしいことがしたいと思ったのは事実だ。

「……まあ。気持ちはわかるが……あまり甘やかすな」

そう言って、木陰は手元の食材の下準備を始める。

「日向、ありがとう」

私は日向に小さな声でお礼を言った。

「どういたしまして」

「さて、仕込み手伝うよ。この聖護院かぶはどうしよう？」

「……日向、聖護院かぶは、錦市場から届いているが？」

あああ。日向、やりおった。

必要のないものを買って……と木陰に再び怒られる……そう思っていると、日向が大げさに声を上げた。

「しまった！　聖護院かぶが美味しそうだったから、つい……これはセイメイ様のおやつかな」

「おおおお。日向！」

喜びのあまり、私は破顔一笑《はがんいっしょう》する。

しかし、その顔も一分と経たぬ間に奈落《ならく》へと突き落とされた。

「いや。浅漬けにして、ご飯ものと一緒にお客様に出すから心配ない」

「あああ。無念……」

そんな、猫であっても少女であっても、私たちの変わらない日常があって——今日も開店の時間となった。

本当に田辺の奥さんは来てくれるのか。

まあ、本人が来ると言ったのだから来るだろうが、開店して既に一時間は過ぎている。

いつしか日はとっぷりと暮れてしまっていた。

「あの地図じゃ、わかりにくかったかなぁ」

「そういえば、田辺は関東なまりだった。奥さんも関東の人なら、京都の地図はわかりづらいかもしれない」

「僕……ちょっと外を見てくるよ」

そんな木陰と日向のやり取りの最中、わずかな想いの声が店の外から入ってきた。

「いや。来たみたいだぞ」

店で視たのと同じ、彼女の想いだ。

『ここだわ。「結」か……変な名前のお店ではないわね。ということは、あの人の言っていた店ではない……か』

「日向、瓢箪を持ってきてもらえるか」

「わかった」

日向が二階へと階段を上っていく。と同時に、店の入り口がガラガラッと開いた。

「いらっしゃいませ」

「あの……予約している、田辺ですが……」

「お待ちしておりました。どうぞ、奥の座敷へ」

木のカウンター席を横目に、木陰が田辺の奥さんを案内する。

私は、どう出ていったらいいかわからなかったので、いつも猫のときにいる階段で、日向が下りてくるのを待っていた。

田辺の奥さんは、掘りごたつ席で、キョロキョロしている。

おそらく、日向がいないと思っているのだろう。

「あれ？　セイメイ様、こんなところで何をしているの？　今、お客さんが来たんでしょ？」

「来たぞ。田辺の奥さん。お前のことを探してると思う」

「あ。そうだ。僕が誘ったのに、いないなんて変に思うよね。顔出さなきゃ」

日向の手には、玉の入った瓢箪の置き物があった。

その瓢箪の中の田辺に、日向が声をかける。

「田辺さん、今から解放します。奥様には気づかれないかと思いますが、楽しいひとときを過ごしてくださいね」

そして、瓢箪の栓を抜いた。

おそらく私と式たちにしか視えない玉は、急ぐように瓢箪からヒュッと出てきて座敷へと飛んでいった。

一階に下りて、私はいそいそとカウンター席に座る。

木陰はというと、先付《さきづけ》とおしぼりを出してお盆にのせている。

日向は、木陰の用意した先付とおしぼり、メニューを持って、奥さんのもとへ向かった。

「田辺さん、ご来店ありがとうございます」

「ふふ。良かったわ。あなたの顔が見えないから、お店を間違えたのかと思っちゃった」

「すみません。二階で妹の世話をしていたので」

……どうやら、私は妹という設定らしい。

「田辺さんを案内したのは、私の弟です」

「そうだったのね。あなたたち兄弟で、この店を？」

「ええ。つい最近、祖母が亡くなったので、僕と弟の木陰、妹でここに住んでいます」

「……ごめんなさい。知らなくて」

「いいえ。いいんですよ。すぐにふろふきかぶを召し上がりますか？　何かお飲み物でも？」

「じゃあ……日本酒を燗で。お猪口を二ついただけますか？」

「二つですね。かしこまりました」

一人で来店して、お猪口が二つ。

その理由を聞かない日向に対して、田辺の奥さんは微笑《ほほえ》んだ。

「……今日ね、亡くなった主人の月命日なの」

「そうでしたか……」

「だから、一人で家に帰るのが嫌で……今夜は誘ってもらって良かったわ。ありがとう」

「では、どうぞ……ご主人とごゆっくり」

日向はそう言うと、奥さんの向かいの席に座布団を置き、もう一人分の箸や小皿を置いた。

五

カウンター席から様子を窺うと、座敷の奥さんの向かいの席、座布団の上には玉がのっているのが視えた。

そう、田辺はちゃんと奥さんの目の前に座っているのだ。

奥さんも、まさかそこに夫がいるとはつゆ知らず、運ばれてきた熱燗を、お猪口二つに注いだ。

カウンターの中にいる木陰が、私に聞こえるように言う。

「もし、玉が奥さんの中に入ったときは、セイメイ様も手伝ってください」

慎重な木陰は、店ごと結界も張っているというのに、玉が他人の身体を求めないか、執着しないかと懸念しているのだ。

今、あの奥さんの中に玉が入ってしまえば、結界もなんなく通り抜け、奥さんに取りついたまま外へ出て、いずれ問題を起こすだろう。

それこそ、悪い玉になるとやっかいだ。

田辺は一度、逃げた前科があるからな。

木陰と日向、そして私のこれからの役目は、田辺の玉を無事にあの世に送ることだ。

料理を出した日向が、カウンターに戻ってきた。

「木陰、信じよう。きっと大丈夫だよ」

「日向はいつもそうだ……人間はすぐに裏切るのに」

そうだ。

本来ならば日向の言う通り……今はただ、見守ることしかできない。

田辺の奥さんは、トートバッグから文庫本を取り出すと、食事とお酒を楽しむ中に読書を加えた。

おでんの鍋がクックッと小さく煮《に》える音が聞こえるくらいに、店内は穏やかな空気が満ちている。

結子がいた頃のような心地の良さに、先ほどまでの小さな懸念は消えていた。

それは、今、きっと木陰も感じているはずだ。

玉はというと……そんな妻の様子を、見守っているようだった。

仄《ほの》かに光を灯《とも》しては、消え、呼吸をするかのように優しく点滅している。

すると「ふふふっ」と面白い場面があったのか、彼女が笑みをこぼした。

「あ。ごめんなさい。つい、面白くて」

「謝らなくていいですよ。その本、面白いんですか？」

日向も微笑する。

「ええ、面白いわ。京都弁じゃないから、もうわかってるかと思うんだけど、私、東京から京都に引っ越してまだ三年くらいなの。亡くなった主人がね、なかなか京都に馴染《なじ》めない私のために買ってきたのが、京都を舞台にした文庫本。それ以来、ハマっちゃって」

「旦那さん、優しい人ですね」

「そうよ。京都のことを書いた本を、毎週末仕事帰りに買ってくる優しい人だった」

「毎週ですか、それはすごい」

「そんな主人が、少し体調が悪いと、この先の病院へと通うようになったら、検査入院中に友達ができたって言うのよ。これは、私も負けてはいられないって思って、主人が退院したら、毎週末今度は一緒に本を買って帰ろうと、あのスーパーマーケットで働き出したの」

「そうなんですね」

「だけど、そんな日が来ることはなかったわ。スーパーマーケットで働き出した日に、彼の隔離生活が始まって……もう、戻ってこなかったから……」

「田辺さん……」

「ご、ごめんなさい、こんな話……だけど、まだ信じられないの。もしかしたら、まだどこかにいて、帰ってこられないだけなのかも、とか月命日には思ってしまうわ……」

田辺の奥さんには視えていないが、彼女の堰《せき》を切ったように溢れる悲しみを心配して、玉はさきほどから彼女のそばに寄り添っていた。

「……このあたりで、日向さんのお店の他に、おでん屋さんってありますか？　彼が最後に友達と行ったらしいの。そこのふろふきかぶがどうしても食べてみたい……」

「お待たせしました。ふろふきかぶです」

スッと木陰が、二人分のふろふきかぶをテーブルに出した。

「ごめんなさい。違うんです。ここのではなくて……」

「ここで合っています。一年前にご主人が来た店……」

「……え？」

それは言わない予定だったのではないのか、木陰？　と日向も私も呆気《あっけ》に取られていると、木陰が彼女に一枚の写真を見せた。

そう、元々中井が持っていた写真だ。

「ちょうど一年前のことです。病院で仲良くなったという男性二人が、美味しいものを食べたいと、前の女将がやっていた『むかでや』というこの店に来店されました。おそらく、あなたのご主人は、この写真の中にいる男性のどちらか……ですよね？」

彼女は震える手で写真を受け取り、そこに写る笑顔の二人のうち、田辺の方を指先で撫でている。

「あ、あなた……ここにいたのね……おかえりなさい……」

震える声で彼女は、再び涙をこぼした――

あと三十分で日付が変わる。

空に浮かぶ月は、寒空の中で煌々《こうこう》と輝いていて、暖簾を仕舞う日向と私を照らしていた。

「セイメイ様、風邪ひいちゃいますよ？」

「うむ。そうだな」

「今日も一日が終わりますね」

あの後、どうなったのかというと――

「日向さん木陰さん、今日は、ありがとう。ご縁って本当にあるんですね。おかげでいい月命日になりました。セイメイちゃん、またスーパーマーケットに来てね。それと……主人が生前、お世話になりました」

そう言って、田辺の奥さんは笑顔で写真を持って帰っていった。

その笑顔はまさに『晴れ晴れと』したものだった。

玉の田辺は、彼女が帰っていくのを見届けたあと、店の奥の坪庭《つぼにわ》で、木陰の手のひらから満足したように美しく輝きながら宙を舞い、コロコロと音を鳴らして消えていった。

あの様子は『晴れ晴れと』しているように見えたのだから、彼の願いも叶ったということだろう。

きっと、無事に死んだ者が行くべきところへ行ったのだと思う。

「それにしても、驚いたよね。木陰が、田辺さんが一年前に来たことを話したり、写真を見せたりするなんて」

　そう、それは私も不思議だった。

　ただ、奥さんがふろふきかぶを食べているところを、玉の田辺に見せるだけの予定だったのに、なぜ、木陰は予定にないことをしたのか。

「……予定を聞かせておいて、それ以上のおもてなしをしたまでだ。こういうのを付加価値というんだな」

「ふかかち？　なんだ、それは？」

「日向もセイメイ様も、知らなくていい。玉は満足して帰ったのだから、それでいいだろう」

「えー、木陰、ずるいよ……ね、セイメイ様」

「さあ、早く寝るぞ」

「もう木陰ったら！　教えてくれたっていいのに！」

　木陰は鼻で笑いながら二階へと上がっていったが、後日、日向が教えてくれた。

　それは、木陰が言った通り『それ以上のおもてなし』で田辺の満足度を上げたことを、サービス業では『付加価値』と言うそうだ。あれ？　私たちのしていることはサービス業なのか？

第二章　巾着袋の中身

一

うずらのゆで卵、干しエビ、カット椎茸《しいたけ》、しゃぶ餅《もち》、三つ葉。

それらを油抜きした油揚げの中へと詰め込み、水で戻したかんぴょうで詰め口を縛《しば》る。

餅巾着《もちきんちゃく》は、おでん種の中でも人気の一品だ。

『結』には、先代・結子から受け継いだ巾着袋がもう一品ある。

それは刻み葱《ねぎ》、茹でた鶏ささみを裂いたもの、刻み生姜《しょうが》の入った、ネギ袋という品だ。

どちらの巾着も、結子ご自慢の巾着袋だった。

その中身は、箸で割るまでわからない。

油揚げの中に具材を詰めている木陰に、日向が話しかける。

「そういえば、結子様の巾着袋は、他にも季節袋だとか言って、いろんなものがあったよね。

今年は、そういう変わり種はしないの？」

「日向はどうしたい？」

「変わり種、考えてみたい！」

「では、考えてみるといい。試作品ができたら味見する」

「うん！」

ということで、新しい巾着袋を作るため、日向は私を連れて錦市場に来ていた。

ちなみに、私、安倍晴明は田辺夫妻の一件が終わってすぐ、元の白猫の姿に戻っている。なので、今は日向の肩にのっていた。

錦市場は京都でも有名な観光スポットの一つだ。

また、ここにある食材の数々は京都の料亭や京都人の食卓を彩るためにあり、毎日お客様で溢れる活気ある市場でもある。

そんな市場を行き交う人々の視線は、美しい猫の姿の私に集まっていた。

「セイメイ様、これからの季節だと冬の食材なんだけど、どんなものがあるだろうね？」

「にゃぁ〜」

「ねえ。春菊と山芋のとろろとかどう？　でもさぁ、茹でるととろろは固まるもんね！　よし、試作品を作ろう！」

「にゃん」

錦市場のいつもの八百屋で、日向は大将と長話をする。

こうなると、けっこう時間がかかるので、私は日向の肩から降りて、その辺を見て回ることにした。

観光客が多すぎて危険ではあるものの、ここは日中車が通らない。

人と人の間をすり抜けて歩くくらいが楽しいのだ。

『結』のおでんに使う食材は、ほぼこの市場で事足りている。

野菜、玉子、魚のすり身……そして、ここ。豆腐屋で買う、厚揚げや豆腐、うすあげにこんにゃくだ。

「セイメイじゃない！　ということは……ひ、日向さんが来てるのね！」

急に頭上から声をかけてきたこの女は、豆腐屋の娘、智子《ともこ》だ。

ひそかに日向に片思い中らしい。

日向の正体が木ののっぺらぼうだと知ったら、智子は失神するだろうな。

「にゃぁ～」

クッ……媚《こ》びるつもりはないのに、身体が勝手に智子にスリスリしてしまう……

「よしよし。今、豆乳あげるからね」

「にゃぁ～ん！（やった！）」

媚びてみるものだな。

智子に豆乳をもらっていると、日向が遅れてやってきた。

「あ、また豆乳もらって……智子さん、悪いね」

「ええんよ。余ってるし。仕入れは済んだん？」

「あとは、ここで終わりだよ。えっと、今日は巾着用のうすあげと、厚揚げをもらおうかな」

「はいよ」

日向が目の前にいると、あまりに普通の対応なので、本当に日向が好きなのか？　とも思うが、私は知っている。

相手が猫だと、人間は普段言えない気持ちを吐露《とろ》することがあるからだ。

この智子もそう、以前私に、胸に納めている気持ちを明かしたことがある。

そうでなくても、私は想いが視える。

智子の日向への想いが空中に飛んでいるのを、今も確認できた。

『あ～！　どうしよう！　品物を渡したら日向さんが帰ってしまうやん……何か、何か言わんと』

『……言わんとあかん。言わんとあかん……言わんとあかんのや……』

智子の想いと同時に、どこからか何度も同じことを想っている、若い男の声が重なって視えた。

「セイメイ様、どうかしたの？」

私の様子にいち早く気がついた日向が、私をヒョイと肩にのせた。

「にゃん、にゃー？（お前は聞こえないか？）」

「……ああ、あそこの電柱にしがみついてる玉がいますね。連れて帰りますか？」

「そうだな。新しい玉なら、そうした方がいい」

日向は玉を紙の人形に移すと、何事もなかったように豆腐屋に戻った。

「日向さん、お待たせしました。じゃあ、これ油揚げ十枚と厚揚げ六枚ね」

「うん、ありがとう。それじゃ」

「あ、あの！　日向さん！」

日向を呼び止めた智子の声は、緊張で少し上ずっている。

「ん？」

振り返った日向の顔を見て、智子が耳を赤くしているのがわかる。

智子、頑張れ！

「あ……今度、お店に食べに行っても……ええ？」

「もちろん。いつでも歓迎するよ」

「せやったら、売上に貢献しに友達も誘っても……」

「うん。待ってる」

なんとも、初々《ういうい》しい光景を目の当たりにして、私は目を細めた。

売上の貢献。いろいろと理由をつけないと日向に会いに来ることができない……これも乙女心か。

買い物を済ませ、『結』へ戻ってくると、木陰が仕込みを終わらせて新聞を読んでいた。

「木陰ぇ～。戻ったよ～」

「にゃぁ。腹が減った。何かないか？」

すると、木陰は新聞をたたみ、私たちを睨《にら》みつける。

「……日向、セイメイ様。何を連れて帰ってきたんですか？」

「おにゃ？　よくわかったな」

「玉がね、電信柱にくっついてたから人形《ひとがた》に移して、持って帰ってきたんだよ」

そう言いながら、日向がコートの内ポケットから人形を出すと、紙の人形はピューッと奥の間の隅っこへと飛んでいった。

木陰が捕まえに行くと、人形はぶるぶると震えて壁に張りついている。

どうやら捕まりたくないか、または怯《おび》えているのか……どちらにしても木陰は確かに怖い。

「木陰が怖いんだよ」

「はぁ？」

そう、日向の言う通りだ。それが怖いのだ。

その鋭い目つきも怖いぞ。

「私もそう思う」

「セイメイ様まで、そんなことを言うのですか？　化け猫の方が立ち位置としては上です」

「にゃ？　なんの立ち位置だ？　いいか、お前たちこそ、人の念でできたあやかしではないか！」

ぐぬぬ……解《げ》せぬ。

「まあまあ。僕たちの間で競っても仕方ないよ」

「競ってなどない！」

「競ってない！」

私たちの小競り合いは、今に始まったことではない。

が、ひとまず、ここは日向の出番である。

こいつはそっと近づいて、優しく語りかけるプロだ。

「ごめんね。怖いよね……でも、僕たちは君の味方だよ」

優しい笑顔で、優しい声で、日向は春の陽射しのようにあたたかい。

「ふん。何が味方だ」

「木陰ぇ、余計なこと言わないで」

「はいはい」

「紙の人形だと、風に飛ばされちゃうし、ここはおでん屋してるから、火にも注意しないといけないよね……だから、僕が安全なところに君を連れていこうと思うんだけど」

すると、人形なのに頭を振ってイヤイヤをする。

「何か君、強い意志を感じるね……セイメイ様ぁ、どうしよう～」

「どれ、次は私が交渉してみよう」

壁際にくっついて離れない人形に、今度は私が近づいてみた。

人形からすれば、私は大きな猫である。

姿勢良く座り、白く長いしっぽをくるりと前の両足へと絡ませ、やや見下ろす状況ではあるが安心させることを第一に試みた。

「私は、安倍晴明の生まれ変わりだ。猫の姿だが、安心するといい。ここにいる日向も木陰も、私が作った思業式神。お前の願い、聞いてやらぬこともないぞ」

ちょっと偉そうだったか？　と思った瞬間、人形がパタパタと動き出した。

「おっ。これは……」

ムズムズする。

パタパタを見ているとムズムズが止まらん‼

「にゃぁっ！」

ビリッ……！

「あっ！　セイメイ様‼　ダメ！」

なんということだろう……日向が止めるよりもわずかに、私が人形を鋭利な爪で引っ掻《か》いてしまう方が早かった。

しかし、そのおかげで、人形は日向の胸のあたりに引っついた。

「怖かったよね、ごめんね」

「すまん……どうも猫の習性は抑えられん」

それから玉は無事、いつもの陶器の瓢箪に入ってもらった。

玉から事情を聞くのは、店の営業が終わってからにしようということになり……今夜の営業が始まった。

カウンターの上にあるピカピカに磨かれた銅製のおでん鍋には、たくさんのおでん種が並んでいる。

湯気が楽しげに躍り、出汁の香りが店内に充満し、水色の作務衣《さむえ》姿の日向はホールを、木陰はカウンター内で料理の盛りつけを担当していた。

カウンター席は、入り口の近いところから一番で始まり、座敷手前のカウンター席が八番である。

奥座敷の掘りごたつ席は九番と、席番が決まっていた。

「木陰、一番さん、大根、玉子、牛筋ね」

「はいよ」

今夜は、早いうちから一番、六番、七番、九番が埋まっていた。

日向が九番の座敷へ、生ビールを運んでいく。

「お待たせしました。追加の生ビール二つです」

「ああ、ありがとう。あと追加で、厚揚げ一つ頼むよ」

「厚揚げ一つ、ありがとうございます」

すると、六番、七番の男性二人がカウンター席を立った。

「日向君、ごちそうさま！」

「あ、柏木《かしわぎ》さん。もう、お帰りですか？」

「ああ。まだ仕事が残ってるんだ」

「だから、ビールじゃなかったんですね」

「そうそう。またゆっくり来るよ」

「そうしてください。お仕事頑張ってくださいね」

お勘定をしながらも愛想のいい日向は、お客さんから人気がある。

ちょっと小腹を満たしに来る近所のビジネスマンも、気の利いた会話のできる店員がいると、また頑張れるというもの。

「木陰、柏木さんお帰りだよ～！」

「あ、またお越しください！」

「木陰君、今日も美味しいおでんだったよ！」

「ありがとうございます！」

作業に没頭してしまう木陰へも声かけを忘れない日向は、結子がいなくなっても店を切り盛りし、あたりを明るく照らす素晴らしい人材だ。

日向の気が利くというのは、こういうところもだ。

日向は私の念を込めた式だが、私はここまで愛想は良くない。

長い月日が日向を成長させたのだろう。

木陰に関しても、営業時間外はむっつりして不愛想な青年だが、暖簾がかかった途端に、人格？　いや、式神格？　まあ、性格が驚くほど変わる。

帰った六番、七番席の片づけをし、カウンター席を拭《ふ》き、次のお客様の箸置きと箸、小皿を置く。

ちなみに、一番席にいるのは常連の迫田《さこだ》、七十に近いおっさんだ。

結子のことをお母ちゃんと呼んでいて、もう二十年は通うこのあたりの生き字引だった。

九番の掘りごたつ席にいるのは、これまたよく来るおっさん一人――名は植田《うえだ》だったかな――と部下……今日は新入社員を連れてきたようだ。

「山本《やまもと》君、今日は僕に付き合ってくれてありがとな」

「いえ、僕も早く仕事を覚えたいので」

「いや、今時《いまどき》の子は、上司に飲みに誘われるのがいやだって、何かで聞いたから」

「僕、帰っても一人ですし……嬉しいです。ホント」

「なら、良かった。好きなものを食べなさい。今日は君の歓迎会だから」

ほう、新人君は山本君っていうのか。

今の時代、珍しく真面目そうな子だ。

――と、私は階段から聞き耳を立てている。

そこへ、ガラガラッと入り口の扉が開いた。

「あの……こんばんは。二人なんですけど」

顔を出したのは智子だった。後ろには友人らしき女性がいる。

「いらっしゃい、智子さん」

「日向さん、来ちゃいました」

「ようこそ、さ、どうぞ。カウンター席しか空《あ》いてないけど」

「あ、この子、友達の晴香《はるか》です」

「いらっしゃいませ」

「きゃあ……ど、どうも」

智子とその友達は、六番と七番に座った。

一番に近いと、生き字引迫田が女子に絡む可能性があるからな。迫田は悪い人間ではないのだが、若い女性には興味津々になるようで、本人は親切のつもりで話しかけることがよくあるのだ。

それはそうと、「今度、お店に食べに行っても」から、来るのが早すぎないか？

今時《いまどき》の女性は積極的だ。

今度というのは今日のことだったのかと、いやはや勉強になる。

「智子、日向さんって、めっちゃカッコいい人やなぁ」

「しっ！　大きい声で言わんとって……聞こえてしまうやん……」

もう聞こえている。

「お飲み物は何にしますか？」

日向が聞く前に、やや圧を感じさせる木陰が女子たちにオーダーを聞いた。

珍しいこともあるものだ。

「す、すみません。えっと……」

するとそのとき。

ガタッゴトッゴトッ……と二階から玉の入った瓢箪が転がって、落ちてきた。

「え？　なんの音？」とキョロキョロしだす女子二人。

階段の段差で転がり落ちた瓢箪は、私の頭の上を越えて店舗エリアへ――

私は飛んで、それを口でキャッチし、無事に着地した。

「もう、ダメじゃないか。セイメイ様、二階で遊んでいたんだろ？　おもちゃを持って、上で遊んでおいで。すみません、家の看板猫なんです。お騒がせしました」

「んに」

玉の唐突の行動に驚いた。

日向が場を収め、私はまだ動こうとする瓢箪を止め……た。

何事もなかったように、店は再び動き出す。

私はひとまず、瓢箪を咥《くわ》えて二階へと駆け上がった。

二

『本日の営業は終了しました』と書かれた札を外へ出すと、日向と木陰は店舗の灯りを消して、二階に上がってきた。

「もう、急に下りてくるんだもん。びっくりしたよ～」

私が式神たちの部屋にいると、最初に襖を開けて顔を出したのは日向だった。

続いて、木陰が入ってくる。当の瓢箪の中の玉は、今のところ静かにしている。

「それで、どうして玉が一階へ来たんだ？」

「にゃ、木陰……おそらくだが、今夜の客の中に血縁者がいたんだろう」

「血縁者？」

「そうだ。玉は近くに血縁者がいると、反応する。前に言った気がするが……」

前に言ったとはいえ、その前とは、もうン十年も前だった気もする。

「聞いたことがあるような、気もするね、木陰？」

「……覚えていない」

言った私が、いつ言ったのかを覚えていないのだから、式神たちを責めることはできない。ならば、もう一度話すことにした。

「……玉は、近くに血縁者がいると引き寄せられる。他にも、玉が落ち着かなくなる場合もある。それは、恨《うら》む相手がそばにいるときだ」

「じゃあ、玉が自分で動いたのではなく、無意識で動くってこと？」

「そうだな。おそらくは」

昔々、私が生きていた頃にも、生きた人間からの依頼で、亡き者から話を聞いたことがある。

亡き者とは玉（魂）のことで、それを呼び出す、言わばこの式神たちが行《おこな》っている交霊術のような依頼は、平安時代よりずっと前からあり、時折、やらねばならない仕事でもあった。

「木陰、玉から話を聞くんでしょ？」

「そうだな。だが、今回は日向に任せる」

今回の玉が、木陰を怖がっているから、日向に任せるようだな。

「わかった。じゃ、始めるね」

日向は姿勢を正して正座をすると、瓢箪の栓を抜いた。

交霊の際には、ほんの少しの明かりがあるといいらしい。

今夜は冷え込みこそ厳しいが、月のない夜だったので、木陰が和ろうそくをつけて玉を呼び出す。

「僕が君の話を聞きたいんだ。無理強《じ》いはしない。話したくなったら出ておいで」

ろうそくの炎が、時折、どこかの隙間《すきま》から入る微風《そよかぜ》で揺れた。

そのたびに、壁に映る日向と木陰、私の影もゆらりと動く。

一時間くらい待っただろうか。栓の外された瓢箪は微動だにしない。

「……今日はムリかもしれないな」

「もう零時かぁ。じゃあ、また明日の夜にしようね……」

そう言った日向が、瓢箪に栓をしようと動いた瞬間、玉は出てきて人の形に変わった。

「ようやく出てきたか」

という木陰の皮肉に、

「……言わんとあかんから」

と玉から姿を変えた若い男は言う。

「何か誰かに、言わないといけないことがあるんだね」

笑顔で日向が相槌《あいづち》を打つと、若い男は頷いた。

この男の名前は、『木内《きうち》かなで』と言うそうだ。

上京区《かみぎょうく》に母親と二人で住んでいて、つい一週間前に事故で亡くなったのだと。

その母親が若年性認知症を患《わずら》っており、母親の記憶がなくなる前に、生き別れた弟に会わせてあげたいと思い、玉になった姿で彷徨《さまよ》っていたのだという。

「その姿で弟に会いに行くつもりだったんだ……そっかぁ」

弟に会えたとしても、彼が相当な霊能力を持っていない限り、想いを伝えることなどできない。

だが、そんなことを考える余裕もないくらい、死してなお、母を想う心がかなでを動かしていたのだと思うと、胸が詰まる。

「力を貸してやる」

木陰の言葉に、玉が喜んで光る。

「生き別れたって、いつ？　かなでさんは弟のことを知ってるということは、弟くんはかなでさんのこと……」

「弟は、オレのことを知らない。弟が赤ちゃんのときに、母が身体の弱いオレを連れて家を出たから。オレも弟がいることは知ってるけど、会ったことはないんだ。弟は父と暮らしている、南区《みなみく》で」

「住んでいるところは知ってるんだ？」

「……うん」

「お互いが顔を知らないのは運が良かったな。これで、交霊ができる」

玉と日向がやり取りしていた中、木陰がそう言った。

「え？」

「いくつかの約束を守ってもらわないといけないけど、直接、かなでさんが弟くんと話ができるよ」

日向が付け加える。

「ほんとに⁉」

「……喜んでおるところ悪いが、ほら、営業中に一階へ瓢箪が来た、アレの原因を追及したいのだが……」

と私が口を挟むと、かなでの悲鳴がかなりの大音量で響いた。

「セイメイ様……だから、いつも急に話さないでって……！」

「大丈夫だ。これは猫だが、猫ではない。聞いたことがあるかもしれないが、安倍晴明を知っているか？」

　日向と木陰が口々に言う。

「あ、あべのせいめい？　あ……はい。名前くらいは」

　かの有名な私のことを、『名前くらいは』と今言ったのか？

「……まあいい。営業中に、もしかしたらお前の血縁者がいたかもしれんのだ。心当たりはあるか？」

　あの時間帯に店にいたのは……女子二人はまず違うだろうが、その二人と生き字引の迫田と九番掘りごたつ席にいた、上司の植田さんと真面目な新入社員の山本君だ。

「ないよ。何かに呼ばれるような感覚があったけど、よくわからない」

「では、この名前に聞き覚えはあるか？　迫田、植田、山本」

「……山本は、父の苗字《みょうじ》……」

「じゃあ、九番の若い子はかなでさんの弟？」

「それはまだわからない。日向、早まるな」

「そ、そうだね、木陰。かなでさんのこともっと教えてくれるかな？」

「うん」

　それから朝陽が差し込むまで、二体は玉と話をしていた。

その様子を見ていて、もし仮に山本君が弟だった場合……かなでとはあまり似ていないと思った。

まあ、世間には似ていない兄弟なぞ五万といるだろうから気にしないでいよう。

どちらかというと、かなでの方が弟っぽいなぁと、私は眠気に襲われながら考えていた。

次の日、目が覚めると二階には私しかいなかった。

だが、一階の店舗で何やら話し声が聞こえてくる。

この家には木陰と日向しかいないので、おそらくは彼らだろう。

瓢箪は栓がされ、二階に置かれているということは、玉との話は終わっているようだ。

「あーあ、良く寝た！」

大きな欠伸《あくび》をして、身体中を伸ばす。顔を洗おうとして、違和感に気がついた。

「人間の……手だ……わぁぁっ！」

寝かされていた布団から飛び出て、私は一目散に一階へと駆け下り——転げ落ちる。

「痛てて……」

「セイメイ様！　大丈夫ですか？」

日向が心配して駆け寄ってきた。

「大丈夫だ。それより、また人間になってしまったのだ！」

「知っています」

木陰が冷静に言った。

「セイメイ様が寝付かれてから、また女の子になられたので、浴衣《ゆかた》を着せておいたんですよ」

「そうです。布団にも寝かせました」

「そうか。ありがとな……じゃなくて！」

と突っ込んだものの、二体に言っても仕方ないので、口をつぐんだ。

私の姿が変わる理由は、私にもわからないのだから。

「セイメイ様が、こうやって人間になるのはどうしてかは置いておいて。今日は手分けして、かなでさんのことについて情報収集をしたいと思います」

なんとなく張り切っているのがわかる日向が、二枚の紙を見せてくれた。

そこには、日向と木陰で収集する内容が箇条書きになっている。

しかし、置いておかれた私の無念は……

「こっちは僕の分、かなでさんのお母さんの現在の状況を確認。それから、植田さんに営業かけると見せかけて、その話の中で山本君の情報を収集。木陰は、かなでさんから聞いた弟くんの住所確認。弟くんらしき人がいたら、写真撮ってきてね」

「わかった……セイメイ様は留守ば――」

「留守番はイヤだ！」

「はいはい、じゃ。日向にいちゃんと一緒に行こうね」

木陰の目が「めんどくさいヤツだ」と言わんばかりなのがわかる。

「……俺は兄妹のフリなどできないから、日向について行ってください」

「言われなくてもわかっておるわ！　行くぞ、日向！」

今日の木陰の憎《にく》たらしさは増し増しだなとか思っていると、日向がヒョイと私を抱っこした。

「セイメイ様、その格好じゃ行けないからね。木陰、じゃ、僕たちも十三時までには戻ってくるよ」

「ああ。仕込みがあるからな。遅れるな」

木陰は日向から紙を受け取ると、ガラガラッと扉を開けて出ていった。

「さあ、着替えて僕たちも行こうね」

「……子供扱いはやめてくれ」

「はいはい」

日向と私は、それからずいぶんと経ってから出かけた。

私に何を着せていくか、日向が迷ったからだ。

それに、今度、新しい服でも見に行こうかと言い出す始末……妹という設定を日向がかなり気に入っているのは、これで十分理解できた。

日向と手を繋いで、地下鉄四条駅へと向かう。

途中、鉄の塊《かたまり》が走る死の四条通を渡るのかと思っていたら、地下鉄の入り口は渡らなくても手前にあるということで、ホッとする。

ただ、今まで猫だったため、地下鉄も駅も利用するのははじめてだ。

階段をずっと下りて、地中深くに駅だけでなく店まであるのだから、まずは驚いた。

それを利用する人も多いのだな、と。

確か、私の記憶にある通りだと、明治二十八年頃、京都の南側で路面電車というものが走り出した。

しばらくして、大正七年頃には市内にも市電が走り出し、皆が利用していた。だが、昭和五十八年の秋、自家用車やバスなる大きな箱が走り出したため、チンチンと鐘を二回鳴らす出発の合図は聞けなくなってしまう。

どういうわけか、車は苦手だが、レールの上を走る電車というモノには好感が持てた。

さて、はじめて乗る地下鉄だ。

胸が弾まないわけがない。

「日向にいちゃん。地下鉄はチンチンっていうのか？」

「さあ、どうかな。自分の耳で聞いてごらん」

……まるで、本当の兄妹のような会話だ。

なりきっておるな。

「じゃ、何か地下鉄に乗るのに守らないといけないことはあるのか？」

「うーん。地下鉄に限ったことではないけど……これからは抱っこはダメだからね」

「なぜだ？」

「もっと小さな子だと、世間的にも変な目で見られないけど、セイメイ様は小さめだけど十二歳くらい……抱っことかしない年齢だと思うんだよね」

「わかった」

「はい、これはセイメイ様の切符だよ。これがないと駅の中に入れないし、目的の駅から出られなくなるからね。なくさないように」

「きっぷというのか……なくさぬようにする」

はじめて日向に切符という小さな通行証を買ってもらい気持ちが躍るが、同時になくさないようにという呪いがかけられた。

その呪いのせいで、何かを忘れているような気がする……

「セイメイ様、次の電車に乗りますよ。降りるのは今出川駅《いまでがわえき》です」

「……なくさない、なくさない。うん、わかった」

電車が来た。

日向に言われるまま、日向に促されるまま、私は来た電車へと乗り込む。

すると、日向が私の切符を取り上げた。

「ああっ！　何をする！」

「だって、せっかくセイメイ様ははじめて地下鉄に乗るのに、切符に集中していたら楽しめないでしょ？　僕が持っておきます」

「お前は本当に気が利くな」

「ありがとうございます。ところで、お前はダメですよ。日向にいちゃんでお願いします」

「おお、そうだな」

猫のまま人になっているのだなと、なんとなく感じる。

興味ある事柄に縛《しば》られて、他のことが気にならなくなる点や、その興味があちこちに移っていくこともある点が、そう強く思わせる。

それを日向は察知してくれているかのように、接してくれるのだ。

そんなことを考えている間に、地下鉄は暗い穴を走り、京都を北上する。

そして——

「セイメイ様、今出川駅に着きましたよ」

自動で扉が開く。駅へ人が降りてから、待っていた人が乗り込むという暗黙の約束があるのだと、日向に後から教えてもらった。

地上へ出る階段を上っていると、出口の外は寒いのか、冷めたい空気が下りてきていた。

三

知らない場所というのは、どうも落ち着かない。

地下鉄今出川駅を出てきてからは、はぐれないように日向の手をぎゅっと掴《つか》み、おどおどしながら歩いていた。

「にゃ……（知らない猫の匂いがする……）」

「怖いんですか？」

「落ち着かないだけだ」

烏丸通《からすまどおり》をまだ北上するとのことで、先に進む。

右側には大きな大学の敷地が広がっていると、日向は話してくれる。

「僕さ、一度でいいから人間のように学んでみたいんだよね」

そして、ぽつり、そんなことを漏らした。

そういえば、結子も日向と木陰をできれば、学校へ行かせてやりたい、と言ってくれたことがあったっけ。

たまに、本屋で参考書やドリル？　というものを買ってきては、頑張って学んでいた二体。

いつか、その夢を叶えてやりたい。

「あ。セイメイ様、かなでさんの家、ここみたいです」

日向が立ち止まったのは、角地《かどち》の一軒家だった。

入り口は植木で半分ほど覆われ、表札は『木内』、門の前には『売家《うりや》』と書いた看板がかかっていた。

「うーん……お母さんに聞きたいこともあるんだけどなぁ……」

近所で聞き込みは、できそうにない。あたりを見渡すも、人っ子一人いないからだ。

「日向、この看板のところに書いてある不動産会社に連絡してみてはどうだ？」

「そうですね」

その場で日向は不動産会社に電話をかけ、私たちはその不動産会社へ向かうことにした。

「あ～、木内さんのところね……」

地元の小さな不動産会社の女主人は、日向と私を見比べた。

木内家の個人情報を話してもいいかどうか、確認をしたげな様子だ。

察した日向が、言いにくそうに話を続ける。

「僕、息子さんの友人なんです。こっちに引っ越してきたので、会いに行ったら『売家』だったので……」

すると女主人は、少し安心したように頬を緩めた。

「あら。かなでくん、お友達がいはったん。おばちゃん、ホッとしたわ。やけど、もう少し早《はよ》う会いに来てはったら良かったんやけど……」

「それは、どういう……？」

知っている、かなでが死んでいることは。

だけど、そう言わないと、かなでの母親の今がどうなっているのか聞くことができない。

「かなでくん、亡くなったん。知りはれへんのよね？」

「え……かなでが？」

日向が迫真の演技で驚く。

「そうや。母一人子一人で、いつもかなでくんが、お母さんの車いすを押して散歩しとったんよ」

「……お母さんは、どうされてるんですか？」

「あ、ちょっと待ってや。知ってるお嬢さんが働いてる施設に、木内さん入ったんよ」

そう言って、女主人は施設への道順を書いた簡単な地図と、施設名、そのお嬢さんの名前を教えてくれた。

「電話かけとくから、尋ねるといいわ」

「ありがとうございます」

不動産会社から、その施設までは少し歩いた。

「新町通へ出たね……あ、あそこだ」

見つけた建物の看板を見たら、教えてもらった施設名が書いてあった。

日向がインターフォンを押すと、年配の女性の声が話しかけてくる。

「すみません。阿倍野といいますが……楠《くすのき》さんに話を聞きに来た者です」

「あ、さっき連絡もらった人やね。楠さん、来はったで。どうぞ～」

楠さんとは、さきほど不動産会社の女主人が言っていた、知り合いのお嬢さんの苗字だ。

自動ドアが開いて、エプロン姿の若い女性が早足で出てきた。

「あ……日向さん？」

「あれ？　君は、昨日店に来た、智子さんの友達……」

「晴香です。私、ここで働いてて」

「楠さんって、君だったんだ」

「はい。あ、どうぞ中へ」

施設の中は暖かかった。

応接間のようなところに通されて、私と日向は革のソファーに座った。

温かいお茶を、晴香が出してくれる。

「確か、木内さんのことでしたよね？　日向さんが木内さんの息子さんの友達だったなんて。世間は狭いというかなんというか……」

「僕も驚いています。あの……かなでさんが亡くなられて、お母さんはすぐここへ？」

「はい。あ、でも、息子さん、この施設へお母さんを入れること……考えてはったそうです。毎日の介護が大変やったって、福祉の方に相談していたみたいやから。それに、お母さんの意思もあったようで」

母親は、息子の負担にならないように、認知症が進む前に今後のことを書き記していたと、かなでから昨日聞いていた私と日向は、晴香の言葉に納得する。

また『本当は、ずっと母さんのそばにいたかった』というかなでの想いも目にしていたので、かなでがどれだけ母親を大切にしていたかが窺えた。

「あの、大丈夫ですか？」

考え込んでしまった日向に、晴香が声をかけた。

「あ、ああ。ごめん。かなでさんのお母さんに会えたりするのかな？」

「……ちょっと聞いてきますね」

母一人子一人、その子はもう亡くなっている。

普通に考えれば、この母親に会いに来る人間はもういないはずだ。

晴香はそれを思ってか、施設の管理者に面会の許可を取りに行ってくれたようだ。

「セイメイ様、もしかしたら……弟がいるって、かなでさんとお母さんしか知らないってことないですよね？」

「……いや、そういうこともあるかもしれん」

「もしそうなら、弟くんの名前くらいはお母さんから聞き出したいところです」

「そうだな」

かなでは、いろいろなことを忘れていく母親の世話を、一人でしていたのだろう。

まだ、二十代半ばだというのに。

しばらくすると、晴香が戻ってきた。

「日向さん、十分くらいであればどうぞって」

「ありがとうございます」

木内さんの部屋へと案内された、日向と私。

木内さんは日向を見るなりこう言った。

「かなで、おかえり」

晴香が木内さんに「かなでさんじゃないでしょ？　かなでさんのお友達よ」と言うも、木内さんは日向のことを自分の息子だと言い張る。

そんな状況に日向はやんわりと「晴香さん、大丈夫だよ」と言って、木内さんに向き合った。

「どうしたの。毎日会いに来るって言ってたのに」

「かあさん、ごめんね」

「仕事が見つかったん？」

「そうだよ。仕事に毎日行ってる」

「音也《おとや》とは会えた？」

「音也？」

「お前には弟がいるって前に話したやろ？」

「そうだったね」

やはり弟がいた。

名前は音也か。

しかし、なぜ、日向をかなでと間違えるのか。

そんなに似た容姿でもないのに……認知症とは、そういう病なのかといろいろ思い巡らせてみる。

もしかすると、かなでの玉をポケットに入れていたからかも？　などと考えながら、私はそっと入り口付近で部屋を覗き込んでいた。

「晴香さん、ありがとうございました」

「いえ……木内さん、今まであんなことなかったのに……息子さんが亡くなったショックが大きいのかもしれません」

「さっき、話していた弟さんがいたとか……『音也』君のこと、晴香さんは何か聞いていませんか？」

晴香は日向の問いに、ふるふると首を横に振った。

「そうですか……もし、本当にいるのなら、会わせてあげたいですね」

「ほんとに……あ、それではこれで。またお店に行きますね」

「お待ちしています」

私たちは、晴香に見送られて施設を後にした。

タイ焼きを食べながら店のある路地を歩いていたら、ガラガラッと『結』の扉が開いた。

「遅い！」

眉を吊り上げた木陰が、私たちを見るなり怒鳴《どな》った。

「え？　まだ十二時三十分でしょ？」

「昼までに帰ってこいって話じゃなかったのか？」

「だからぁ、仕込みは十三時からでしょ？」

「そう、鬼瓦《おにがわら》のような顔をするな。はい、木陰の分のタイ焼きだ」

日向を睨《にら》む木陰に、私はタイ焼きを差し出した。

「……仕込みするぞ」

木陰は表情を変えずにタイ焼きを受け取る。

食事をしなくても大丈夫な式たちだが、甘いものは別のようだ。

人が好むもの全般を、式神たちも好むのだろう。

十三時になるとコンコンコンコン、木のまな板に包丁が当たる音が響く。

開店までの時間がないからか、ある程度まで仕込みが進んでから、お互いの収集した話をするのだろうか？

なかなか報告会が始まらない。

とうとう、私はしびれを切らしてしまい、木陰の真ん前のカウンター席に座った。

「報告し合わないのか？」

「……料理は心を込めなければ意味がありません。これを仕上げてからです」

「そうだよ。もう少し待っててね、セイメイ様」

もっともらしいことを言うな。

まあ、そういう気持ちは大切だ。

「ねえ、木陰。試作の巾着袋を作ってみたんだけど……」

朱赤《しゅあか》の深皿に巾着袋が澄んだおでん出汁の湯に浸《つ》かり、その上には粗びき胡椒《こしょう》がかかっている。

「見た目が寂しくないか？」

「そうかなぁ」

「中身は？」

「山芋のとろろと、菊菜《きくな》だよ」

「……また難しい組み合わせにしたな」

すると、木陰はキッチン用のハサミで、油揚げ巾着の真ん中をパチンと切った。

「日向、よく見て。菊菜の火が通りすぎてる。それに、山芋のとろろは煮込みすぎじゃないか？」

「……ダメかなぁ」

「熱を加えすぎると栄養価も下がるからな。菊菜も山芋も加熱時間は短い方がいい」

「じゃあ、巾着に入れて……別煮込み？　それとも、おでん出汁に浮かべておくだけでいい？」

「そこは、お前が考えた方がいい。どんな状態が一番美味しいか」

「う、わかったよ……」

こういう、木陰の妥協を許さないところは、私が本来持っていた部分だな。

平安時代の陰陽師の役目はいくつかあったが、何をするにも妥協はできなかった。

そこには、人々の平穏な暮らしを支えるという使命があったからだ。

この世は貴族だけのものではない、生きとし生ける全てのモノたちのものである。

それは、この令和の時代になっても変わらない。

しかし、生きとし生ける全てのモノたちの世界ではあるが、いつの時代もこの世に未練を残すのは人ばかりな気がしてならない。

古い玉の願いは聞き届けられないが、比較的に新しい玉なら……悪《あ》しきことを画策する前に救ってやらねばならない。

「セイメイ様、菊菜食べますか？」

「食べる！」

日向は、巾着に使わなかった部分を上手く使って、サラダのような洒落《しゃれ》た料理を作ってくれた。

「シャクシャク……菊菜と、かぶにセロリの浅漬けか。食感がたまらんな！」

「美味しいですか？」

「美味しい！」

さて、これを食べたら二階に行って、かなでの玉と話でもしようか。

「ふふ。セイメイ様、もっとゆっくり食べたら？　今は猫じゃないんだから」

「ん？　そんなに急いて食べているように見えるか？　そうか……気をつけねばいけないな」

なぜか、木陰が私の顔を覗き込んだ。

「……以前、人間の姿だったのは二日間くらいでした。今回もそうなら……明後日には猫に戻るということですか」

「だから、何なんだ？」と私に思わせた木陰の言葉。

猫の脳ミソだからなのか、意味ありげな言葉はすぐに私の頭の中から離れていった。

四

日向の新作巾着は、今日はでき上がらなかったようだ。

結局、今日の営業が終わるまで、情報収集の共有もなかった。

店の片づけをして二階に上がってきた二体は、人間のように疲れた顔をしている。

「まさかとは思うが……お前たちは、疲れたりするのか？」

「セイメイ様、僕たちは式神ですよ。そんなことあるはず……ん？」

「どうした？」

日向が、何か考え込んでいる。

そのとき、木陰が座った。

「よくわからないが、調子は悪いです」

「調子が悪い？」

「そうだね、木陰の言う通り。これがセイメイ様の言う疲れなのかな？」

そんなことがあるわけない。

そう思いながらも、思念でできているとはいえ、もう千年も動いている日向と木陰——いや、考えたくない。

この二体が、この世から消える日なんて、今の私は考えられない。

でも、もしかしたら……と良くないことが脳裏をよぎる。

「セイメイ様、どうしたの？」

「顔色が悪いですよ」

逆に日向と木陰に言われてしまう。

「……なんでもない。それより、かなでの話を進めないのか？」

「ああ、そうしたいところですが……」

「木陰？」

木陰の様子がおかしい、と思った途端——

「木陰、木陰！」

見る見るうちに、木陰は本来ののっぺらぼうの木の人形へと戻っていく。

「う、うそでしょ？　ねー、木陰？　僕を一人にしないで！」

日向の声が届いたのか、顔が消えた状態でひとまずは止まったのだが……

どれくらい時間が経ったのだろうか。気落ちした日向が、ずっと木陰に寄り添っている。

「セイメイ様は寝てください。生身の身体なんですから」

「……日向」

何かいい方法がないものかと考える。

昔の私なら、思念を注ぎ木陰をよみがえらせることができたのかもしれない。

だが今の私では、それは厳しい。

「ねえ、セイメイ様……何かいい方法はないの？」

「それを今考えていたんだが……生前使っていた書物があれば、わずかだが望みはあるかもしれん」

「あるよ。それなら、ある！」

日向は立ち上がり、この部屋の押入れを開けた。

押入れの一番奥に入っていた桐《きり》の箱を開けると、私の使っていた古い書物がたくさん出てきた。

「これを、どうして？」

「セイメイ様がお亡くなりになって、僕たちはお屋敷を追われたんだよ。そのときに、こっそり、役に立つかもしれないって、木陰が持って出たんだ」

千年以上も経った今、再び手にするとは思っていなかった。

こうして、触れているだけでも、力がよみがえってくるような気がする。

あくまでも気がするだけだが。

「この中に、いい方法があるといいんだけど」

「日向、仮にいい方法があっても、それを使う力がない。あまり期待するな」

「……セイメイ様。僕は木陰より先にセイメイ様に作り出された式だよね？」

「そうだ」

「僕の中にある力を使えないかな？」

彼の言う通りかもしれない。

先に作った式神、しかも日向は陽の気を持つ思業式神だ。陽の気が集まれば、陰の気も放たれる。だけど、そんな方法があったとして、日向の力で木陰を戻したとして……日向はどうなる？

「そんなことをすれば、お前が木の人形に戻るぞ——」

「木陰！！」

突然の日向の声に振り向くと、木陰が疲れた顔をした人間の姿に戻っていた。

「セイメイ様、あなたが作り出した俺たち思業式神は、そろそろお役御免の日が近づいてきているのかもしれません」

そして木陰は、珍しく笑ってみせた。

部屋の窓の色が変わる。

淡い青の優しい光が、朝を告げている。

スズメのさえずりが遠くから聞こえてきた。

「僕、考えたことなかったよ。お役御免だなんて」

「日向、今まで見てきただろ？　なんにでも始まりと終わりがあるんだ。さ、玉に報告をしよう」

そう言って木陰は、玉の入った瓢箪に触れて日向に目配くばせをした。

木陰の様子も心配な中、玉を瓢箪から放ち、日向から昨日の報告をする。

玉は浮遊しながら、その話を聞いている様子だった。

「お母さん、元気そうだったよ。君が会いたがっている弟くんの名前を聞いてきた」

「そうか、で名前はなんというんだ？」

一緒に聞いている木陰が尋ねた。

「山本音也」

その名前を聞いて、玉は点滅した。

「住所だけしか知らないのに、よく弟を探そうとしていたな」

「いや、名前は聞いていたみたいだよ。これは、僕がかなでさんのお母さんと話して感じたことだけど……たぶん、かなでさんは亡くなったときに、弟くんの名前を忘れてしまったんじゃないかな」

「じゃ、今、日向から名前を聞いて思い出したのか？」

再び、玉が点滅する。

「……みたいだね」

追い求めていた大切な情報を忘れてしまうくらい、死とは壮絶なものなのだな。

私も、何か忘れていることがあるのかもしれない。

目の前で、二体が玉へ報告をするのを眺めながら、ふと、そう感じた。

「あと、僕の方は……植田さんところへ営業は行けなかったよ。ごめん。木陰の方はどうだった？」

「ああ。山本という表札で、この住所に古い家があった。二時間くらい張り込んでいたが、弟らしい人間は出てこなかった。だから、写真はないが……家の門に触れたときに視えた。

おそらくあれは、店に来ていた山本という植田さんのところの新人だと思う」

「そっか……じゃあ、僕が改めて植田さんとこに営業に行ってくるよ。今夜限定で山本って若い人だけ誘うのでいいよね？」

「日向、店に来ていた山本という若者の名前が『音也』であるかどうか、念のため確認してから誘うんだぞ？」

「わかってるよ～」

日向が出かけると、木陰は玉に弟と会うための注意事項を説明する。

「いいですか、かなでさん。あなたが入れる器を用意します。その器に入ると少しの間、生きていた頃に近い状態へと戻ります。それは、生きている人に認識してもらえ、食すことはできませんが食べ物の匂いや味がわかるようになる……また、お酒や飲み物は嗜むことができます。弟さんとの時間は、あまり長くはありません。二時間をお過ごしいただいたあとは、用意した器を速やかにお返しください」

かなでである玉が、木陰の説明に答えるよう静かに点滅した。

「それともう一つ、自分が死者だということは明かしてはいけません。自分が兄だということと、母に会いに行ってほしいということは、今回、告げてもいいでしょう」

告げていいのか？　と思ったが、考えてみれば、かなではそれを伝えられなくて成仏できないのだ。

告げないと、意味がない。

「今夜は店は貸し切りです。日向が料理を出すので、弟さんと楽しいひとときを過ごしてください」

木陰が優しく微笑む。

かなではというと、その木陰の言葉に感謝を伝えるかのごとく、淡い茜色《あかねいろ》の光を発していた。


「――セイメイ様、悪いがこれを表にかけてください」

いよいよ今夜の営業が始まる。

私は『本日貸し切り』という札を外にぶら下げて、店内に戻った。

おでん鍋には、中身を入れたばかりのいくつかの巾着袋が浮かんでいる。

今夜は、日向の新作の試作が浮かんでいるようだ。

「日向、音也さんは何時頃来られそうだと言っていた？」

と木陰が聞いた。

「十九時前には来ると思うよ。今日は定時で終わるって言っていたから」

「それで……なんと言って誘ったんだ？」

それぞれ、私も聞きたい。

「え？　普通に君のお兄さんが君を探してるって」

その日向の言葉に、木陰と目が合った。

「……木陰、今の聞いたか？」

「聞きました」

すると、日向がうろたえはじめた。

「えー……ダメだったかな？　あ、ちゃんと名前も住所も確認したんだよ……？」

本人確認ができたからＯＫだ、というあたりが日向らしい。

「音也の反応はどうだったんだ？」

「『やっぱり、僕に兄さんがいたんですね』って言ってたよ」

音也の反応を聞いて、木陰が眉根を寄せる。

「木陰、どうしたの？」

「それは……兄の存在を知っていたのに、音也の方は何も行動をしていなかったように思えるが……」

確かに、音也が兄に対して抱いている感情が負に傾いている懸念が出てきた。

「喜んでいたように見えたか？」

「……たぶん」

見た印象を聞いても難しいかもしれない。

音也が、この『結』に来ていたときも思ったが、感情がいまいち読みづらい青年だった。

長年、人を見てきたつもりではあるが、その心の底に抱えているものの形は、なかなか外からはわからないものだ。

人ほど計り知れない心を持つ生き物はいない。

「玉に言っておかなければな」

「ああ。その方がいいですね」

それからすぐ、木陰は玉を自分の身体へと入れた。木陰の姿が、かなでに変わっていく。

ここからは、日向が玉を監視し、誘導する。

「かなでさん、心の準備はできた？」

「ん……オレ、なんて言うたらいいんかな……」

「僕がもう、お兄さんが待ってるって言ってあるから、最初は『はじめまして』かな？」

心臓はないはずなのに、気持ちがドキドキしているのだろう。

かなでの緊張は、ぎゅっと握りしめた拳を見ればわかった。

「日向、その浮かんでいる巾着は新作か？」

「そうだよ、セイメイ様。昨日、木陰に言われたから、ちょっと工夫したんだ」

「いい匂いがする」

一体と一人と一匹（今は子供の姿だが）が一緒におでん鍋を覗き込んだ。

「こういうお店に、母を連れてきてあげたかった」

ぽつり、かなでが独りごちた。

「もし、音也くんと仲良くなれたら、頼んでみたら？」

「どうかな。そんなに頼みごとをしたら嫌がられそうや」

かなでは苦笑した。

優しい青年だったことが、言葉の端々《はしばし》から滲み出る。

「さあ、そろそろ音也くんが来るよ。かなでさん、奥の座敷へどうぞ」

日向は、九番の掘りごたつ席にかなでを案内した。

音也が来るまで、特に会話はなかった。

かなでは緊張しているし、日向はおでんの番をしなければならない。

私は相変わらずで、やることはない。

ただ、コトコトとおでん鍋から聞こえる音に耳を澄ます。

そこへ、扉がガラガラッと開いた。

「いらっしゃいませ。ようこそ、『結』へ。山本様、どうぞ奥でお連れ様がお待ちですよ」

山本音也は、深呼吸を一つして店の中へと足を踏み入れ……固まった。

弟の方も緊張はしているようだな。

音也を視界に入れた、かなでの方はというと……想いが形になって溢れ出していた。

『あれがオレの弟……今まで、何もしてやれなくて、ごめん……いや、先になんて言おうか……何から話そう……』

「山本様、どうぞ中へ」

そう日向に声をかけられて、音也はやっと我に返ったのか、掘りごたつ席へと歩を進める。

音也の着ていたコートを日向が預かって、ハンガーにかけた。

それから日向はすぐに熱いおしぼりを取りに行き、そのおしぼりを広げて二人に手渡した。

「二人とも、お飲み物は何にしますか？」

「あ……僕はビールで」

「じゃあ、オレも」

「かしこまりました」

無言の空気は重い。

ずーんとその重さが、カウンター席に座る私にものしかかってきそうなほどだ。

まるで、相手の出方を窺っているかのように。

重い空気感はいつしかピンと張った糸のように、今にも切れてしまいそうなほどの緊張感へと変わっていった。

五

日向がビールを運んでいく。

「お待たせしました。ビールと先付です。今夜の先付はセロリの浅漬けです」

先付をテーブルに置いたときの、コトッという音が二回聞こえる。

私には、この静かな中、二人の想いだけが視えていた。

思った通り、音也の方の想いには負の感情が交じっていた。

『この人が……僕の兄さん？　僕からお母さんを奪った人が……今更、急に会いたいとか、変だろ？　何かあるんじゃ……』

一方、かなでの方はというと……

『どうしよう、どうしよう……こんなお店もはじめてだし、何から話せばいいんだろう……』

と自信のなさげな言葉が浮かんでいる。

「ご注文は何にしますか？」

お？　注文。これは、話ができる好機と見た。

かなで、頑張れ！

「………………」

やはり、何も言い出せないかなでに、日向がしびれを切らしたのか、かなでの顔を覗き込んだ。

「かなでさん、会いたかった弟さんだよ？　時間には限りがあるんだから、有効に使わなくちゃ」

すると、ようやく、かなでが顔を上げた。

「日向さんの言う通りや。ごめん……」

「いえ……」

わずかに言葉を交わした兄弟は、日向に押されて注文をした。

「では、ご注文は……大根、玉子、ウインナーと巾着袋ですね？」

「はい、それでお願いします」

ほぼ無表情の音也が、日向の復唱に対して返事をする。

「ごめん。オレ、対人恐怖症で、こういうの慣れてなくて」

「気にしないでください……」

二人の会話に聞き耳を立てている私。

木陰に報告するために、音也とかなでの様子を見守らねばならない。

「……あの。どうして僕を探していたんですか？」

音也がかなでへと質問を投げた。その言い方は少しだけ冷たく感じた。

かなでは、顔を上げて音也を見る。

「会いたかったから……オレの記憶の音也はいつまでも赤ちゃんのままだったんだ……音也を置いて家を出てしまったことを、母はすごく後悔していた、だから会いたいって言えなかった。きっと大きくなっているだろうって思って、ずっと会いたかった……」

音也は驚いたのだろう。

ほんの少し表情が変わった。

「僕は……物心がついた頃、父から、母親はあなたを選んで出ていったと聞かされてきた。僕は捨てられたんだと、聞かされて育ったんだ……今更、そんなことを言われたって！」

音也からの激しい想いが溢れ出す。

『僕がこれまでどう過ごしてきたか、この人にわかるはずがない！』

片方は自分のことしか考えていなくて、片方は人のことばかり考えている。

『結』にいる間に、わかり合えるのか。

すると、かなでが勢いよく音也に頭を下げた。

「そうや……音也は大変だったと思う。もっと早くにオレが会いに行ってれば良かった……オレが……母を説得していたら……」

「だから、もう今更や！」

声を荒《あら》らげた音也の気まずそうな顔が、印象に残る。

日向は、何事もなかったかのように、二人の間に割って入った。

「お待たせしました。大根と玉子です」

無言の二人。

「さ、熱いうちにどうぞ」

「……音也。もう、こうやって会うこともないと思うんで、食べよう」

ムッとしたまま、音也が玉子を頬張った。

『言わんとアカン……のに……言わないとアカンのに……』

かなでの想いが浮かんでは消える。

この状態の音也に母のことをお願いできるわけもなく、心に詰まった想いだけが繰り返されていた。

「はい。これ、オススメの季節の巾着袋です。音也さん、この巾着の中身なんだと思います?」

「……え? 中身? さあ……想像もつかないけど、餅《もち》ですかね?」

少しめんどくさそうに日向の会話に付き合う音也に、私は失望しかけていた。

だが、日向はどうにかして、かなでの想いを遂げさせるために、諦《あきら》めず音也に話しかけている。

「すみません。中身なんて、食べてみないとわからないですよね。僕、かなでさんと出会ったの、つい最近なんですよ。道端でうずくまってた彼を、ここに連れてきたんです」

「何が言いたいんですか?」

「ここへ来てからもずっと、かなでさんは、お母様やあなたのことばかり案じています。どっちが幸せか、どっちが不幸かなんて……その人にしかわからない。食べた人でないとわからないんです、おでんの巾着袋のように……!」

「……あの、僕……もうこれで失礼します」

「え？」

ハンガーにかかったコートを無造作に取ると、音也は靴を履きはじめた。

兄弟の溝は、日向が思うよりも深かったのだ。

「かなでさん！」

「は、はい！」

音也が入り口の扉を開ける、ちょうどそのとき、かなでが追いついた。

「音也……！　これ、母の入っている施設の住所やから。一度でいい、一度でいいから！　会いに行ってほしい！」

音也は、そのメモ書きを無言で受け取ると、『結』を出ていった。

「あ～！　かなでさん、ごめんなさいっ！　僕が出しゃばったから音也さんを怒らせてしまった!!」

いつもなら相手の様子を見て対応を変える、気の利く日向だが……おそらく、いや……よほど、音也の態度に腹が立ったのだろう。

それは、見ていた私もよくわかる。

自分ばかりが被害者で、かなでは恵まれているという前提で想いをぶつけてきたのだ。

日向は、誰よりも親身にかなでの話を聞き、かなでの母親に会ってきた。

だから、かなで贔屓《びいき》になっていたのも頷ける。

かなでは玉に戻り、自ら瓢箪の中へと戻ってしまった。

と同時に、器になっていた木陰が戻ってくる。

「……失敗したようだな」

「木陰ぇ、どうしようぉ～！」


それから数週間が経った。

本来、玉をそんなに長く留めておくことはしないのだが、想いを遂げられないまま成仏はできないだろう。

いろいろな策を練るも、いい方法は思いつかなかった。

そんなある日、晴香からおでん屋の出張ができないかと連絡が入る。

施設の皆さんに美味しいおでんを振る舞ってほしいと頼まれたのだ。

「かなでさん、最後にお母様に会いに行きましょうか」

玉であるかなでを、紙の人形に込めて、日向が連れていくのだと言う。

「それはいいにゃ～」と私も賛成した。

ちなみに、私は音也が怒って帰った次の日に、無事猫に戻っている。

そして、おでん屋の出張の日、木陰が音也を連れて施設に来たそうだ。

「ねえ、木陰はどうやって音也さんを連れていったの？」

「企業秘密と言いたいが……植田さんから音也さんにプッシュしてもらった」

「プッシュ？」

「人は誰に背中を押してもらうかで、違うようだ。尊敬する上司の植田さんに話を聞いてもらって、母親とは会っておいた方がいいと言われ、音也さんは決めたんだよ。そのタイミングで、俺が施設のイベントに誘った」

木陰は、人間の心理をよく理解しているなと思う。

音也は母親と再会。

そのときに母親の現状を知り、その後も時々施設へと足を向けていると晴香に聞いた。

かなでの死についても知った頃かと思うが、あの日以来、『結』に音也が来ることはない。

玉は、母親と音也が再会した日に天へ昇った。

なんだか、心にしこりは残るが、これでこの件は一件落着となったのだ。

時に、私たちの知らぬところで何かの力が働くことがあるのだと、思い知らされたような気がした。

第三章　蛸串《たこぐし》に込めた祈り

一

かなでと音也の一件の後、木陰の調子は戻ったようだ。

あれから、二体が疲れた顔をすることはなくなった。

それでも心配してしまうのは、私の親心か。

今朝も蛸薬師通《たこやくしどおり》を東へ走り、寺町通《てらまちどおり》のアーケードを抜けて蛸薬師堂《たこやくしどう》までやってきた。

朝、八時になると門が開かれ、赤い旗が風にパタパタとはためく。

蛸薬師堂は、若者が好きそうな新しい店がたくさん立ち並ぶ、新京極通《しんきょうごくどおり》にあった。

ここに祀《まつ》られている蛸薬師如来《たこやくしにょらい》は、病気平癒《へいゆ》や厄難消除《やくなんしょうじょ》に霊験《れいけん》あらたかで、昔からお参りする人が後を絶たないお寺だ。

私も遠い昔に耳にしたことがあったので、数日前にはじめて来てみた。

店からの距離もちょうどよく、いい運動になる。

木陰の不調や、私がたまに人間の子になってしまうことも原因はわからないまま、それについて、話し合うこともしていない。

私たちの計り知れないところで、この事象が起きている気がしてならないからだ。

今は、いつまでも……このまま……と願うことしかできない。

「病気ではないと思うが……薬師如来様は現世利益《げんぜりやく》と聞いたことがある。ずっとこの世に存在する者にもご利益を授けてください。お願いいたします」

心を込めて祈っていると、急にゾワッと背後に冷気を感じた。

十二月の朝だ、寒いのは当たり前なのだが、そういう寒さとは少し違う。

すると、背後から女の声が聞こえてきた。

「わぁ。かわいいネコちゃん」

女の声は、おそらく私のことを言っているのだと思う。

振り返ると、古そうな玉がふよふよ浮いていた。

すぐに、「まずい、視てしまった……」と焦りが出てくる。

新しい玉を扱うのは比較的容易《たやす》いが、古い玉は扱いが難しいのだ。

子供は騙《だま》しやすいが、大人は騙せないのと似ている。

かなり言葉は悪いが、この場をどう乗り切ろうかと、頭の中が忙しくなる。

「どうしてネコちゃんが、お参りしているの？」

ここは関わらない方が賢明だと判断した私は、返事をせず、気づいていないフリをして帰ろうとした、そのとき――

「セイメイ様、やはりここにいましたか」

私を探しに来たらしき木陰がやってきた。

「にゃぁ～！」

「日向が心配しています。帰りましょう」

「んにゃ」

私はホッとした。

「よくここがわかったにゃ」

「何日も朝早く出かけるから、人形に見張りをさせていました」

「はぁ⁉」

見ると、私のモフモフな背中に、紙の人形がぴったりと張りついている。

「……気がつかなかった」

「だけど、すみません。そのせいで、古い玉につけられています」

「……本当だ。ついてきている」

木陰は私の背につけた人形をはがすと、私を肩に担《かつ》いだ。

「このまま寺町通に入り、錦市場を通って帰りましょう」

「うむ」

古い玉とはいえ、人間の多い場所にまで追ってくることはないだろうという考えのもと、歩き出す木陰。

古い玉は、一定の距離をとりながら、確かに私たちの後を追ってきていた。

朝早いからといって、商店街にまったく人がいないことはない。

搬入のために入ってきた軽トラが荷を下ろすなど、開店前でもそこそこ人出がある。

「そういえば、魚屋を見ていこうかと思うけど、いいですか？」

「んにゃ（もちろん）」

「日向に、ついでに仕入れも頼まれたんです」

いつもは、愛想のいい日向が外へ出る担当で、木陰は事務処理や仕込みがメインだ。

だが、たまには役目を交換してみることも大切だと思う。

錦市場は寺町通に繋がっていて、三色のアーケードの高倉通《たかくらどおり》まである京の台所だ。

百八十センチある木陰の肩の上は、見晴らしが良くて、アーケードの屋根が近く感じる。

視線を落とすと、師走《しわす》ということもあって、様々な店に並んでいるのは正月用の品ばかりに見えた。

「もう、そういう時期か……」

「一年はあっという間だな」

「ああ。今年は結子様がいない、はじめての正月になります」

木陰の言葉にしんみりしていると、いつも日向が顔を出している鮮魚の店に着いた。

「おや？　今日は日向さんじゃなくて、木陰さんだ。珍しいね」

木陰に気づいた店主がそう言って笑う。

「おはようございます」

「今日は、いい鰯《いわし》が入ってるよ」

「生姜を入れて、おでん種のつみれにしても良さそうですね」

「さすが、『むかでや』の料理長や。あ、間違った。『結』に名前変わったんやったな」

「じゃあ、その鰯と、蛸をもらえますか」

「おおきに。お猫様が食べる鰯はおまけしとくわ」

「にゃぁん！　（鰯はいらん！）」

「ありがとうございます」

鮮魚店の後は、いつも野菜を頼む八百屋に立ち寄り、他にも乾物屋《かんぶつや》や珍味屋にも立ち寄った。

　年内はいつまでやるだの、来年も贔屓にしてや～だの、ここで働く人々には活気がある。

「いつの時代も、市場というのはいいものだな」

「そんなことより……セイメイ様、玉の気配がまだあります」

　諦めるだろうと思っていた玉は、少し離れたところから私たちを監視するようについてきていた。

「このままでは、店までついてくるかと……」

「何かに封じ込めて、除霊してもらおう」

「話は聞いてやらないのですか？」

「聞いてどうなる？　古い未練を叶えてやる術《すべ》はないと思うが？」

　今までも古い玉に関わって、私たちではどうにもできず、祓《はら》ってもらうしかなかったことが何度もある。

「わかりました。では、『結』までついてきたら、そうします」

　今の木陰との会話に、私は違和感を覚えた。

　この違和感はなんだろうと考えてみると、明らかに彼が優しい考え方をしているのだ。

「木陰？」

「はい」

「話を聞いてやらないのか、と今私に聞いたな？」

「はい、聞きました」

「……お前は、そんなことを言うヤツであったか？　自ら封じ込めてお祓いするようなヤツの方がしっくりくる」

「それでは、俺が酷いヤツじゃないですか」

「何か、心境の変化があったのか？」

「さあ……ただ、この間、消えかかったときに……俺の最後の声を誰かに聞いてほしいと思った。ただそれだけです」

「……そうか」

「まあ、どんな玉でも、生きていようが死んでいようが、生かされていようが……あるのではないかと思うのです、話したいことが」

「そうだな」

高倉通を越えて振り向くと、錦市場のアーケードの下に、人の姿をした……もう人ではない透《す》けた女が立っている。

悔しそうな顔をしているのかと思ったら、すぐにニコリと笑って消えてしまった。

「木陰！　玉が……いや、女が消えた！」

「え？」

木陰が振り返ったときには、もうその姿はなかった。

不思議に思ったのは、いつものように想いが視えなかったことだ。

強く何か想うことがあるからこそ、この世に留《とど》まっているはずなのに、蛸薬師堂で会ったときも、あの玉の想いは視えなかった。

「……諦めたのかもしれないですね。セイメイ様、帰りましょう」

「そうだにゃ……」

本当に諦めたのだろうか……古い玉は、諦めが悪いことが多い。

おそらく、常に探しているのだ。稀《まれ》に自分たちを視ることができる人間や動物を。

昔からよくある話で、狐《きつね》に憑《つ》かれた類《たぐい》のほとんどは、玉の悪戯《いたずら》だ。

店に帰ってくると、日向がさっそく私を抱っこしてくれた。

両脇を掴んで抱っこして、ビヨーンと伸びる私の腹に、日向は顔をうずめる。

「あ～！　セイメイ様、一体、どこに行ってたのぉ？　心配したよぉ～！」

そう言いながら、腹をスンスンと吸われているのは気のせいか……次に、頬擦りをし、至近距離でうるうると私を見つめた。

それらをされている私はというと、なんとも言えない気分だ。

「朝起きたらいないからさぁ……で、どこに行ってたの？　猫の交通事故って多いんだってよ？　頼むから、無断で出かけないでよぉ！」

「木陰！　助けてくれ！　日向がしつこい！」

「それだけ心配していたということです」

くすくすと笑いながら、木陰はカウンターの中へ入って、買ってきた食材をシンクに置いた。

「あれ？　木陰、何か生臭いもの買ってきたの？」

「ああ。たまには自分の目で見て仕入れるのもいいな。綺麗な鰯を買ってきた」

「鰯？　これまた、下処理が大変なものを……」

木陰は、魚用の木のまな板と包丁を出すと、買ってきた鰯をさばきはじめる。

包丁で鰯の頭と内臓を外し、手で鰯を開いていく。

「器用だねぇ」

「鰯は手開きができるから、楽なんだ。ああ、大将の言う通り、新鮮な鰯でいいな」

次々と中骨が外され、皮と身は包丁でそぎ取っていく。

すっかり身だけになった鰯は、まな板の上に並べられ、包丁で細かいつみれになるまで叩かれた。

「ここに、大葉と生姜を刻んで入れて……味付けをして、山芋とろろも混ぜ込んで……形を作って、蒸す」

「これに、おでん出汁かけるの？」

調理中の木陰に、日向が問いかけた。

「いや、鰯のつみれ用のおでん鍋を用意する」

「なるほど」

「今日のおススメだが、他には、蛸串を用意するから」

「うん、わかった」

つみれができたのを確認すると、木陰は袋から蛸を出した。

蛸も下処理が必要だと言いながら。

そして、この日の営業は終わった。

が、最後まで飲んでいた、生き字引の迫田さんはまだ店に残っている。

「迫田さん、大丈夫ですか？」

「らいじょうびゅだぁ」

これは、かなり酔っている。

「今、娘さんに電話した」

木陰が、日向に声をかけた。

迫田さんがへべれけになることはかなり珍しい。

何があったのか知りたいが、そういう個人的なことは、店では聞かないことにしているようだ。

「じゃあ、娘さんが来るまで待ってましょうか。ね？」

「ヒッ、いやあ、つみれは旨かった！」

「ありがとうございます」

すると、数分で迫田の娘がやってきた。

娘と言っても、学校の先生をしている四十代の女性だ。

「すみません！　父がご迷惑かけて。もう！　父さん！」

「明子《あきこ》ぉ。迎えに来たんか、悪いなぁ～」

「今日は珍しいですよね。迫田さんがこんなに酔っぱらうなんて」

あれ？　日向が探りを入れている？

「実は……長く続けてきた店をたたむことにしたんよ。跡継ぎもおらんし、私も跡は継がれへんから」

娘さんから、迫田が今日、大きな決断をしたと聞いて、私だけでなく日向と木陰も納得した。

それを聞いて、いつかの木陰の言葉を思い出した。

『お役御免の日が近づいてきたのかもしれない――なんにでも始まりと終わりがあるんだ』

今朝、蛸薬師如来に、『いつまでもこのままで』と願った私の考えは甘いのかもしれない。

明日、願いごとの変更に行かねばと思いながら、私も迫田親子を見送った。

二

翌朝、二体ののっぺらぼうの間で目覚めると、身体をいっぱい伸ばした。

「なぁん～（さて、行くか）」

「セイメイ様？」

思いもよらずかけられた声に驚いて、ぴょーんと跳ねてしまった。

「シャーッ！　な、なんだ、日向もう起きたのか！」

　ちゃんと顔がついた状態の日向は、身体を起こすと私を抱っこする。

「昨日、寝る前に木陰に聞きましたよ。古い玉に追いかけられたんでしょう？」

「……そうだが、ちょうどいい運動になるのだ。生きていると健康面も己で管理しなくては」

「それで、蛸薬師堂へ行くの？　もしかして、セイメイ様……どっか調子が悪いの!?」

「いや、そうではないが……」

　すると、木陰も目を覚まして起き上がった。

「そうじゃない。俺たちのために行ってくれているんですよね？」

　そうだけど、そうでもないので、なんと答えようかと思っていると、日向がぎゅっと私を抱きしめた。

「うっ……！　日向、く、苦しい！」

「僕たちのためにお参りしてくれてるなんて！　セイメイ様、一生お仕えします！」

『一生』か。もう、『一生』を何十倍もともに過ごしているのだが、日向の明るさに私は救われる。

「では、セイメイ様。今日は僕がお供します。古い玉なんて、追い払ってあげますよ」

「……日向が追い払う？　連れて帰ってくるの間違いだろう？」

「酷いなぁ、木陰。僕だって、追い払うことくらいできるよ！」

「日向、私は走っていきたいから、もう出るぞ」

「えぇ！　待って、セイメイ様！」

できるだけ、人のいない時間帯に行きたいのだ。

八時の開門を目指して、私は屋根や歩道の端を選び、まっすぐ蛸薬師通を東へ走った。

寺町通のアーケードに差しかかると、すぐ目の前に蛸薬師堂は見える。

「……セイメイ様、速いですよぉ……」

式神なので、人間のように息切れはしないが、その身体は古い木でできているため、中はミシミシと音を立てていることだろう。

「日向、その身体も丁寧に扱わねば、脆《もろ》くなるぞ」

「はいはい」

はいは一回でいいと言おうとしたら、蛸薬師堂が開門しはじめた。

門の中央にある葵《あおい》の御紋が半分に分かれ、端にたたまれていく。

この新京極通での日常の光景ではあるが、なんとも厳《おごそ》かである。

「あ、開きましたね」

「行こう」

猫である私の背中を見守るような、日向の視線を感じる。

その敷地に足を一歩踏み入れただけでもご利益があると聞く。

だからこそ通っていたのだが、今朝は願いごとを間違えたとまずは謝らねばならない。

——薬師如来様、私は昨日までとても贅沢なことを願っていました。いつまでもこのままでとは言いません。ですが、長年、人の世のために頑張ってきたのです。どうか、私の式神たちが健《すこ》やかで幸せでありますよう、私も式たちと、もう少しだけともに過ごせますように。

と、私は猫語で願いごとを告げた。

猫語なので、日向には『うにゃうにゃ』としか聞こえてないだろう。

そこへ、昨日の女の声が投げかけられた。

「ネコちゃん。おはようございます」

日向と振り返ると、古い玉が蛸薬師堂の外に浮いている。

「セイメイ様……あの玉ですか？」

「うにゃ（そうだ）」

昨日みたいに無視をして通りすごすか、話を聞いてみるかだが、実は話を聞いたら最後だ。

その望みを叶えるまで、つきまとわれてしまう。

元は人ではあるのだが、生きている者ほど聞き分けは良くない。

ここだけの話、優しい日向は過去に百年間ほど、古い玉につきまとわれたこともある。そのときは結局、お祓いをしてもらう羽目になったな。

「ねえ、私のこと視えてはるよね？」

この玉には、どんな望みがあるのか。

ここで出会うということは、生前、蛸薬師堂に来ていたのだろうか。

「ねえ、私の声、聞こえてはるんでしょ？」

「……セイメイ様。あの玉、この蛸薬師堂へは入ってこられないようですよ」

日向の言う通り、玉は入りたくても入れないらしく、視えない結界の外にいるような感じで上下に揺れていた。

「ねえ！　私、聞いてほしいことがあるの……おねがい！」

玉の大きさは様々だが、今、視えている玉は、大人の人間のこぶし大だ。

それが浮いていて話しかけてくるのだから、視えている側からすると、かなり怖い。

「どうしますか？」

「……言葉に力が加わりはじめた。ああなると、この敷地から出た途端、私か日向に取り憑きそうだ」

「あ〜。玉を自らの意思で取り込むのと、取り憑かれるのとでは身体の負担が違いますから、できれば、セイメイ様に取り憑いてほしいなぁ」

「おまっ、なんてことを！」

今の今、日向と木陰の健康、安泰も願ってやったのに！

しかし、困った。これでは木陰に、それみたことかと言われる。

「――どれだけ願いごとがあるんですか」

一体と一匹で何もいい案が浮かばないところへ、救世主、木陰がやってきた。

「木陰‼」

「おおおお！　木陰！」

その後、古い玉の勢いに負けた私たちは……玉を『結』へと、連れて帰ることにした。

店に着くと、さっそく玉には瓢箪に入ってもらわなければいけない。

日向だと舐《な》められてしまうと言って、木陰が対応した。

「いいか、俺たちも死んだ者の声を聞くことを生業《なりわい》にしているわけじゃない。こちらの言うことを聞かないと、お前の話を聞く前に祓ってしまうからな」

「わ、わかったわ」

さすがは、どんな玉でも恐れおののく木陰だ。

「では、俺たちが出てこいと言うまでは、この瓢箪に入っていろ」

「本当に、私の話を聞いてくれはるんよね？」

「くどい」

「……そんな怖い顔をしないで」

玉が瓢箪へと入るのを見届けた後、木陰は瓢箪に栓をした。

その間、ずっと怖い顔のまま、厳しいオーラを纏って、体勢を崩すことがなかった。

素晴らしい。

「ねえ、木陰、玉に厳しすぎるんじゃない？　あれじゃ、怖いよ？」

日向が木陰の顔を覗き込むと、木陰は眉間にしわを寄せる。

「仕方ないだろうが」

だが、なんだか腑《ふ》に落ちないのはなぜだろう？

何かに引っかかっているのだが……

「ん？　ところで、死んだ者の声を聞くことは私たちの仕事では……ああ、そうか。生業にしているのはおでん屋で、合っているか」

「……そうです。俺たちの生業は、今やこのおでん屋です」

と木陰がきっぱり言う。

「ややこしいね。昔は、生業にしていたのに」

「いつの話だ。さて、日向、仕込みするぞ」

仕込みは、二体の手際の良さで早めに終わる。

そこへ、配達途中の八百屋の大将が、結子の仏壇に手を合わせに立ち寄ってくれた。

「はぁ。今年はお前たちだけで正月を迎えるんか……寂しいなぁ」

「大将、お茶どうぞ」

「おおきに」

日向が出した熱いお茶をズズッとすする大将に、つい私はすり寄ってしまっていた。

勝手に、喉もゴロゴロと鳴ってしまう。

「おう、セイメイ～　お前も寂しいよなぁ？　そうかそうか」

大将のごつい手が、私の喉らへんをわしゃわしゃと撫でた。

「セイメイのために、新鮮な野菜持ってきたったから、ちゃんと食べやすいように切ってもらうんやで？」

「にゃおん!?（本当か!?）」

「わー、りっぱな白菜や、かぶ、それに金時にんじんもあるよ。ありがとうございます」

日向が、大将が持ってきた箱の中を確認しながら、嬉しそうに野菜を見せてくれる。

「いい九条《くじょう》ネギやろ？　白ネギもあったけど、セイメイにはネギ類はアカンもんなぁ」

「……ネギ？」

日向と木陰が不思議そうな顔をすると、大将が眉根を寄せた。

「おいおいおい、お前ら、猫にはやってはいかん食材があるんやで？　あーあ。もしかして……セイメイのご飯は、ずっと結子ばあちゃんが用意してたんか？」

大将に両脇を抱きかかえられて、びろーんと身体が宙に浮く。

「ちゃんと、本買って勉強した方がええ。昔みたいにねこまんまだけやったら栄養失調になってまうで」

「……そうします」

しゅんとした日向が答えた。

「ちゃんと、正しいもん食べさせてもらえや、セイメイ。といっても野菜好きの猫や、うちの野菜で元気ならそれでええけど」

「にゃぁぁん」

私も猫になってずいぶんと経つが、食べてはいけないモノがあるとは知らなんだ。

まあ、ネギは確かに食べたことはない。

水分の多い、根菜類、香りの少ない葉物を好んで食べている。

あ、でもタイ焼きは食うぞ。和菓子が好きだ。夏はかき氷も少しだけ食べる。

大将が帰った後、すぐに木陰が四条室町《しじょうむろまち》にある本屋へ、猫のための本を買いに走っていた。

そう、田辺の奥さんが働いているスーパーマーケットのある建物だ。

だが、今更、いるか？

そう考え込んでいるうちに、木陰も戻り、今夜の営業が始まった。

入り口の引き戸の隙間から、すっかり暗くなった路地の石畳を灯《とも》す明かりが揺れているのが見える。

「セイメイ様、冷たい空気が入るから閉めますよ」

日向が戸を動かしたので、私の顔の真ん前でぴしゃりと戸の木枠が音を立てた。

「あー、本当だ。ネギはダメだって書いてある」

木陰は、真剣に猫の育て方が書かれた本を読んでいた。

「そういえばさ。今回、セイメイ様が女の子にならなかったね」

「ん？　どういう意味だ？」

「だって、セイメイ様が女の子になったのって、結子様がいなくなってからの交霊のときでしょ？　かなでのときと、その前の田辺さんのとき」

確かに日向の言う通りだ。

「それでね、セイメイ様が女の子になっているときは、木陰も僕も調子が悪いんだよね。どうしてかなぁ……？」

「にゃ？　それはどういうことだ？」

「僕もわからないよ。ただ、なんだか……関係ありそうな気がするんだよね」

そう言うと、日向はおでん鍋へ、出汁を足した。

「考えてもわからないことは、考えないでいよう」

と木陰が言った。

確かにそうだ。

考えてもわからないことには、裏で何かが起こっていて、何かの事象に繋がっている。その繋がっている根っこを掴まないことには、どれだけ考えてもわからないままなのだ。

ガラガラッ。

勢いよく扉が開くと、昨日酔っぱらって迎えに来てもらっていた迫田が顔を覗かせた。

「あ、迫田さん。いらっしゃいませ」

「……昨日はごめんやで。これ、良かったら食べて」

「わあ、和菓子だ！　いいんですか？　ありがとうございます。結子さんに先にお供《そな》えしますね」

日向は、迫田から四条通にある老舗和菓子屋の紙袋を受け取ると、ウキウキした足取りで奥の間に上がった。

いつもの一番席に座る迫田に、おしぼりと先付を出しながら、木陰が話しかけている。

「すみません。気を使わせてしまって」

「ええんや。あれ、娘が持っていけ、うるさいから」

「瓶ビールで良かったですか？」

「ああ。ほんで、昨日食べれんかった蛸串と大根もらおうか」

「はいよ」

『結』の蛸串は、一口大より少し大きめに切った蛸を、番茶で十分ほど煮て串に刺し、その後他のおでん種とは別鍋で煮込んだものになる。

先に番茶で煮るのは、お茶のタンニンという成分で蛸本来の赤い色を保つためだと、結子は話してくれたことがあった。

「蛸は真蛸を使うんよ。大きくて柔らかく煮込んであるのが、当店の蛸串なんだから」と木陰と日向に教えていたなぁと思い出して、蛸の入った鍋を覗き込んだ。

「セイメイ様、蛸と一緒に串に刺してあげましょうか？」

なんて酷いことを木陰は言うのだろう。

「んにゃん……にゃぁにゃ⁉　（さっきまで私のために本を読んでいたのに、そんなことを言うのか⁉）」

「ダメだよ～　ほら、カウンターにのぼっちゃメッ！」

と日向にカウンターから引き離されて、階段へと捨て置かれる猫の私。

人間のときとの扱いが違いすぎやしないか？

「にゃぁ～んにゃ？（店にいてもいいだろう？）」

「ダメです。営業が始まりましたから、二階で大人しくしておいてくださいね」

「うにゃん（つまらん）」

これもまあ、いつものことと言えばいつものことなのだけど。

今は猫なのだ、衛生上の問題もあるのだとか。

こんなとき、私も人間の姿だったらいいのにと、思うことがある。

少女の姿ではなく、大人の男の姿であれば、カウンター席で迫田の話も聞いてやれるのに。

そして、二人で日本酒を飲みながら、蛸を食してみたいものだと呟きながら、二階への階段を上がった。

三

迫田は私たちが来る前から、この店に来ていた常連客だ。
ここへ私たちが来た当初は、迫田は四十代の働き盛り。
仏壇・仏具の装飾である彫刻《ちょうこく》を生業としている彫師《ほりし》だ。
三十年前も私は同じ白猫で、結子が飼っている一代目猫という設定だった。
細かいが、今は三代目セイメイ猫なのだ。
木陰と日向は、当時は住み込みアルバイトとして違う顔と名前で、働いていた。
何度か、働く人間が店を出入りしている風に装っている。
どうだ、なかなかのカラクリであろう？
二階に上がってくると、カタカタ……と、どこからか音がしていた。
「改装したとはいえ、元は古い家だからな、隙間風が入るのか？」
と思い、音のする結子の部屋の襖を猫の足で器用に開けた。
「……窓は開いてないな。何？　お？　なんだ、お前ここにいたのか」

カタカタと音を出していたのは、どうも瓢箪のようだった。

すると、瓢箪から玉の声がする。

「なんや、何かに呼ばれてる気がするんやけど……」

「さすがは、古い玉。瓢箪に入っていても話ができるとは。ん？　何……何かに呼ばれているのか？　それは、どういう……」

「だから、近くに誰かいるの。私の知っている匂いがしてる――！」

スポンッ!!

急に瓢箪の栓が抜けたかと思った瞬間――

瓢箪から勢いよく玉が出てきて、物凄《ものすご》いスピードで迷いなく一階へと飛んでいってしまった。

私も慌てて、その後を追う。

一階へ下りると、迫田の周りを、玉が浮遊していた。

私の目の前には、玉の想いが視えている。

日向は私に「どうにかしてよ」と口を動かし、木陰は眉間にくっきりとしたしわを寄せていた。

『懐かしい匂いがするわ。ねえ、おじいさん。私のこと知ってはるでしょ？　お兄様と同じ匂いがする……おじいさん、お兄様のお友達？　違うわ……お兄様の匂いがするもの……』

二体と一匹が右往左往まではいかずとも、心揺さぶられているのだが、当の玉本人はなぜか迫田に夢中のようだ。

迫田はというと、蛸をアテにビールを飲んでいて、玉も視えなければ、玉の声を聞くこともない。

いつもと変わらない、店でのひとときを過ごしている。

「あ。木陰、牛筋をくれるか？」

「はい、かしこまりました」

なんてことのない追加注文にまで、どぎまぎしてしまうのはどうしてか。

「にゃー！（おい、玉！）　にゃーぁん！（戻ってこい！）」

玉は、どういうわけか何度も『お兄様』という言葉を繰り返した。

長年、多くの玉を見てきたが、今回の玉はおそらく明治初期くらいに生きていた。

ということは、玉は百五十年ほど前の人間になるので、迫田がお兄様なわけがない。

（仕方ないな。試してみるか……）

先日、日向が出してきた古い書物の中に、生前、私が使っていた術を書いたものが出てきた。

主に、人に憑いた玉をはがす方法や、玉を式神に移す方法、他にも玉の生前を視る方法などもあった。

どれも、少し力があれば叶う簡単な術である。

日頃、日向や木陰が頑張っておるのだ。

私とて、過去は安倍晴明であったのだから、たとえ猫の姿であろうとも、何か一つぐらいはできるだろうと、今度玉が現れたらやってみたいと考えていたのだ。

（本当は、玉の希望を聞いてから視るのが筋というモノだが……）

迫田にまとわりつくのは、きっと血縁関係があるからに違いない。

そう思った私は、二階で玉の生前を視てみることにした。

長いこと玉を説得して、どうにか二階に連れてくることができたが、一階ではまだ店が営業中だ。

「玉、名はなんというのだ？」

浮遊する玉が、スッと私の目線まで下りてくる。

「珠《たま》よ。真珠《しんじゅ》のじゅ、で『たま』」

「たま？　玉の名が珠？」

「そうよ。てっきり、ずっと私の名前を呼んではるんやと思うてた」

「漢字が違うのか。だが意味は同じだ。しかし、文字での印象がずいぶんと違うな。ははは」

「……あなた、普通のネコちゃんじゃないん？　何者？」

「お前こそ、何者なのだ？」

珠は、スッと生前の自分の姿を現した。

前髪ぱっつんの日本人形のような容姿、年頃は十五歳といったところか。

ただ、どこか儚《はかな》げに視えるのは、玉だからなのか……

「私は、珠よ」

「それはわかっておる。いつ生まれ、いつ亡くなったのか。またどこの娘なのかと聞いているんだ」

「……時代が明治と呼ばれる少し前に生まれて、明治十四年には心臓の病《やまい》で死んだ。生まれつき身体が弱かった私は、室町通にある呉服問屋の末娘、珠。実家は、江戸時代のはじめから商いしてた、ええ家の子やったんよ」

誇らしげに話す、珠。

「そやけど、私。壮一《そういち》はんに何も言えずに逝《い》ってしもたから……」

「それがお前の心残りなのか？」

「ううん。そうやない……壮一はんが幸せかどうか確かめたい、それだけや」

「想い人の幸せを確かめたいのか……ん？　どうやって確かめるのだ？」

「どうやって……？」

百五十年近く経過した、令和にそれをどうやって確かめることができるのか。

はたまた、人に頼んで珠を祓ってもらうかと、脳裏には様々なことがよぎった。

一階の店舗から、迫田が帰っていく音が聞こえてくる。

今夜も適度に酔っぱらっている様子。

「蛸が美味しかった」

と大きな声で笑っている。

「ねえ、あのおじいさん帰ってしまうん？　おじいさん……壮一はんの匂いがしたんやけど……」

珠は不安そうに、行ったり来たりする。

珠が迫田に引き寄せられるということは、何かしらの縁があるのか？

……いや、玉が血縁者に引き寄せられることはあっても、想い人の匂いがするというだけで引き寄せられるのは、女の執念が感じられて怖い気もする。

「まあ、私に任せてくれ。悪いようにはしない」

「ネコちゃんに任せる？　……あなたに何ができるん？」

　そこへ日向が二階へ上がってきた。

「もう、営業中に下りてこないでよ……わあ、さすがは年季の入った玉だね。ちゃんと女の子に視えるよ」

　日向がまじまじと珠を視ると、彼女は両手で顔を隠した。

「いやわ……そんなに見られると恥ずかしい」

　まあ、そうだろう。

　ほとんどの女性はそうなる。

　豆腐屋の智子もそうだった。

「で？　セイメイ様、この玉と迫田さんに血縁関係があるの？」

「いや、そうではない。なんでも、珠には生前に想い人がおってだな……その想い人と迫田は同じ匂いがするらしいのだ」

「どういうことですか？」

　木陰も二階の鍵を閉めて上がってきた。

　私は、珠の想い人の壮一という男が、迫田の血縁者ではないかと踏んでいることを、二体に話した。

するると、木陰は私たちに向かって言った。

「俺たちに何ができるかは、とりあえずはその玉の話を聞いて考えましょう」


明治初期。

大きな屋敷で産声《うぶごえ》を上げた珠は、物心がついた頃から身体が弱かった。

生家が裕福であったので、自分の弱い身体以外は恵まれて、何不自由のない暮らしをしていたという。

珠の母は、娘が寂しくないようにと、屋敷の近所にある自身の幼馴染《おさななじみ》の息子を時々、遊びに来てもらうよう頼みもしていた。

その息子こそ、珠の想い人、壮一だ。

壮一の家は、仏具の彫師だった。

京都中のお寺にある仏具の彫刻は、壮一の父の手のものが多かった。

生き生きとした仏様を彫るという父に似て、壮一も手先の器用な子であったと、珠は自慢げに話した。

猫の置き物を彫ってもらったことがあるそうだ。

「それで、その壮一が幸せかどうか知りたいんだね？」

「そう。あの方が幸せかどうか知りたいの」

「それはムリだ」

「なんで？」

「壮一は、もう死んでいるからだ」

そう考える方が正しい。

百五十年も生きる人間はいない。

「もう、そんなに時間が経ってしまったんやね……」

「気がつかなかったのか？」

「ううん。気がつかへんフリしとったかも」

悲しげに微笑む珠がいじらしく視えるが、こうなるとどうにもこうにも手立てがない。

部屋の空気がズンと重く感じられる。

そこへ、日向の明るい表情がぴょんと私の視界に入り込んだ。

「え？　なんで、そんなに暗くなっちゃうの？　壮一さんには会えなくても、壮一さんの家族に彼が幸せに暮らしたかを聞けばいいんじゃない？」

「壮一さんの家族？」

「お前……少しは考えてやれよ。想い人が他の女と作った家族の話なんて聞きたくないだろ？」

　すると、日向を庇《かば》うように、珠が木陰の前に立った。

「ううん。それがいい。私が死んでからの壮一さんのことが知りたい」

「本当に、それでいいのか？」

「うん」

　珠の意志は固いようだ。

「じゃあ、迫田さんのところを調べなくちゃな」

　聞き分けのいい玉で良かった。

　古い玉の願いを叶えて成仏させることは、本当に大変だ。

　しかし、まずは迫田が珠の想い人、壮一の血筋の者かどうかを確かめなくてはいけない。

「迫田さん、今月末で店をたたむんだよね……どうやって聞き出す？」

「明日も来るって言って帰ったが……どうする？」

　きっと、二体がなんとかしてくれる。

　私はそう思って、考えることを放棄した。

　猫の小さな脳ミソで考えるより、二体の思念で考えた方が効率がいい。

　考える二体のそばで、珠は嬉しそうに漂っていた。

四

翌朝、私はこっそりと蛸薬師堂へと向かおうと店を出た。

すると、後ろから日向がついてくる。

「また、ついてくるのか？」

「そうだよ～、もし途中で何かあって、帰ってこなくなったらと思うと心配で」

「……縁起でもない」

「今朝はね、珠ちゃんも一緒だよ」

日向の懐から、紙の人形がピラッと頭を出した。

「ねえねえ、セイメイ様！　玉が珠ちゃんって名前だったの、どうして教えてくれなかったの？　字が違うだけで、まさか珠ちゃんだなんて。これからは、ちゃんと名前で呼ぶことができるね～」

日向の言葉に、珠は嬉しそうにパタパタ袖を動かしている。

「そんなこと、木陰に聞かれたら情が移ると辛《つら》くなるぞって言われ——」

「ああ。もう言われたけど、いいんだぁ。だって、珠ちゃんずっと一人ぼっちだったんだよ。天国に行くまでの間くらい、楽しい思い出があったっていいじゃない」

能天気と言うか、なんと言うか……彼は私の思念で作った思業式神だが、私にこのような能天気な部分は断じてなかった。

冷え込んだ師走《しわす》の空気、見上げると天色の空が広がっている。

今から行くと八時の開門に間に合いそうだと思いながら、私は日向と珠よりも先に走り出した。


蛸薬師堂の帰り、私と日向と人形の珠は錦市場に差しかかった。

「木陰に頼まれものがあるんだよね～」

頼まれもの？　今朝、そんな話をする暇はなかったように思うが……ああ、頼まれたのは今朝ではなく、昨夜だったのではないか。

また、頼まれごとがあるということは、何かのついでに頼んだということ。

その何かとは、日向が私を心配して朝のお参りについてくること……言わば、監視のついでの頼まれごとがあると推察する。

「私についてくることは、昨夜から決まっておったのだな」

「えー？　どうしてわかったの？」

「……やはりそうだったか」

「そんなことより、セイメイ様はどうして蛸薬師堂へ通うの？」

「願いごとは人にいうモノではないから、言わない」

「……僕、人じゃないから言ってもいいよ？」

　そういう問題か？　と思いながら日向を見ると、その向こうで手を振る智子が見えた。

「そんな冗談を言ってる場合ではないぞ。ほれ、智子が手を振っておる」

「あ。本当だ。おはよう、智子さん！」

　日向は智子に手を振り返した。

　豆腐屋の前で、日向が智子と話をしている。

　以前、店に来た晴香のことのようだ。

　施設にどうして行ったのか、木内さんのお兄さんと日向は友達だったの？　とか……テレビドラマで見る取り調べのような雰囲気に、ややうんざりしていると、日向のジャンパーの胸ポケットがゴソゴソと動いているのが視界に入った。

　私はというと、今、日向の肩にのっていて、眼下に動くものが見えると……我慢ができ・な・い！

そのままジャンパーの中へとダイブして、動いている胸ポケットを両手で押さえた。

いきなりのことで、日向も驚いた様子だが——察したらしく「こら！　セイメイ様！」と、ジャンパーから私が落ちないように支えてくれた。

「ごめんね。セイメイ様が飽きちゃったみたいだから、帰るよ。智子さん、またね」

「あ……はい、また……」

そして、鮮魚店で頼まれていた蛸を買って、暴れていた私と珠と日向は店に戻った。

「もう。どうして、急に暴れたの？」

「珠がゴソゴソするからだ」

「……珠ちゃんのせいにするなんて……酷いね、セイメイ様は」

「いや、本当だぞ！」

本当に、珠がゴソゴソしたからなのに、日向は女の子に弱い。

「あれ？　木陰がいないね」

店はもぬけの殻《から》だったが、出汁はとってあるのか、かつおと昆布の旨い香りが充満している。

珠は日向のポケットから出ると、ひらりひらりと飛び、奥の座敷へと舞い降りた。

「さて、少し私も寝るとしようか……」

そう思って、私も奥の座敷に横になった。

急にズンと身体が重い。

早起きして、猛ダッシュしたからだろうか……眠くて眠くて……身体に違和感を覚える。

どうしたんだろう……

「セイメイ様！！！！」

遠くで日向が私の名を呼んでいる。

えらく慌てた様子だ……日向、どうしたんだ……？


気がつくと、あたりは平安時代のようだった。

日向の呼び声を最後に、私は意識が途切れてしまったのだろう。

どうやら、ここは私の夢の中だ……遥か昔、人として生きていた頃の屋敷の天井を眺め「確かにこんな天井であった」と呟く。

「晴明様、賀茂保憲《かものやすのり》様がお見えでございます」

御簾《みす》の向こうには、私の式がいて、美しい角度で頭を下げていた。

「……悪いが今は何年だ？」

「晴明様、今は――」

「晴明、何をたわけたことを言っているのだ？」

式の言葉を遮るように、当の賀茂保憲の声がした。

「保憲殿……か？　お懐かしい」

「懐かしいとな？　二日前も会っていたではないか。式よ、晴明は何か悪いものでも食したのではあるまいな？」

「いえ、そのようなことはございません」

「ふふふ……」

やけに現実味のあるやり取りに、つい笑ってしまう。

それも、とびきり懐かしい兄弟子とのやり取りなので、多少は目頭《めがしら》も熱くなった。

「晴明、今日のお前はおかしいぞ？　この私に隠しごとか？」

保憲殿が御簾を上げ、私のそばに来て座る。

蓮の花を思わせる香りがする。いつもの彼の香りだ。

「荷葉《かよう》の香りですね」

「何を当たり前なことを……もしや、またどこかへ行っていたのか？」

当時も、何かと時空を漂うことがあった。

それは、私が呪いを根絶やしにするために、時を遡ることもあったからだ。

そんなときは私が何日も目覚めないこともあり、兄弟子の保憲殿にえらく心配をかけてしまった。

「ええ。行っていました。遥かなる先の世へ」

「先の世だと？」

屋敷の庭を、保憲殿と歩く。

何気《なにげ》ない会話をしながら、久しく歩いていないのに見慣れている、こののどかな庭には白と紅の梅の花が咲き、どこからか春を知らせる鶯《うぐいす》の声がした。

彼とこのような時間を過ごしていたのは、千二百年も前のこと。

しかし、こちらが真で、日向と木陰のいるあちらが夢なのではないのかと思うくらいには、私はこの状況を楽しんでいた。

「春か……」

とつい声が漏れる。

「ここは、ずっと春だ」

保憲殿が言った。

「……保憲殿？」

「いつ、お前が戻ってきてもいいように、こうしてある。私はずっと待っているんだ、晴明」

「それは、どういう意味ですか……？」

「蛸薬師如来さまも困っていらっしゃる。あのお方は生きている人間の望みを叶えるお方。死んだ人間の望みは……だから晴明、早う私のところへ戻ってこい」

「それは……できません。私の思念である思業式神を残したままにはしておけないのです」

「お前がそう思っていようとも、じきに、込めた思念が尽きる日は来るだろう」

彼が私に見せた笑顔は、あの頃のままだ。

これは、夢？　いいや、誰かの意思が見せている現《うつつ》？　一つわかるのは、私がこの方のことを今の今まで、すっかりと忘れていたということだ。

「晴明、こちらに来たら……ともに双六《すごろく》をしよう」

ああ、そうだった。

保憲殿が死に目に言っていた言葉がよみがえる。

春の景色とともに、笑顔の彼が遠くに離れていった――

「セイメイ様！　セイメイ様‼」

いきなり耳に入ってきた日向の呼び声は、切羽詰《せっぱつ》まったものだった。

「悪い、日向……私は聞こえている、どうかしたか？」

「セイメイ様‼　良かった！　もう目覚めないかと思ったよ……」

そんなに心配してくれたのか、と思ったらなんだか様子がいつもと違う。

身体が重いのだ。

落ちる前もズンと一気に重みを感じたが、その重みを変わらず感じる。

これは、重力というよりは……身体が大きくなったのかもしれない。

「……日向。もしや、私はまた人間の姿になっておるのか？」

「はい。それも可愛い女の子ではなく……」

「可愛い女の子ではない？」

起き上がってみると、そこは二階の結子の部屋で、姿見には木陰が映っている……

「日向、木陰……私は、もしかして透明人間になってしまったのではあるまいな？」

「……セイメイ様、そこに……鏡に映っている木陰が、今のセイメイ様の姿です」

鏡の前で、顔を触ってみる。その後、頬をつねってみた——

「痛ッ！」

日向の言う通り、木陰の顔がついた身体は、どうやら私のもののようだ。

ということは、木陰は？

「日向、こ、木陰は？」

鏡の中の木陰の向こうに、無造作に置かれている木の人形が目に入った。

「嘘であろう……？」

「セイメイ様は寝るって言ったあと、また女の子の姿になったんだ……そうしたら、店の外の石畳に、木材が落ちてきたような大きな音がしてね。見に行くと、人形がバラバラになって落ちていて……」

「それから、どうした？」

「それから、木の人形もセイメイ様も二階に運んで……ついさっき、セイメイ様の姿が女の子から、木陰の姿に変わったんだよ」

ふと、夢の中で賀茂保憲殿が言っていた言葉がよみがえる。

『……じきに、込めた思念も尽きる日が来るだろう』

あの言葉は、こういうことであったのか？

いいや、あれは夢だ。私の不安が見せた夢だと思ったのだが……

「セイメイ様、木陰を……木陰を元に戻してよ。今のセイメイ様ならできるでしょう？」

私が木陰に込めた思念が消えたのか、先に思念を込めた日向ではなく、木陰の思念の方が先に消えた理由は？　いや、そんなことよりも、どうして私の顔が木陰の顔になっているのか……とめどもない思考が溢れ、正気を保てそうにないのは、悲しいからなのか。

するると、ふわりと紙の式神が私の膝の上にのった。

指をかざすと、半透明の式の形を形成して、私の目の前に座る。

「式……か？　そんなはずはないな。もしや、お前は……」

「木陰です」

「木陰!?　木陰なの!?　てっきり珠ちゃんかと思った」

「珠は、この人形を私に譲ってくれて、今は瓢箪の中にいる」

「よ、良かったぁ～！！！」

日向が代弁してくれたが、本当に心から良かったと、私も溜息が漏れた。

どうしてこうなったのかを考えても、答えはおそらく出ないだろう。

「どうして、こんなことになっちゃったんだろう……」

「それは、俺にもわからない。だが、セイメイ様と俺が何か見えないもので繋がっていることだけはわかります」

「ああ。そうだな。それは私も感じている」

木陰の言う通りだ。

その何か見えないものは、私の思念なんだろうと思う。

「おそらく、木陰と私には、共有している思念がある。何が原因でこうなるかはわからないが……」

「わからないことは、置いておきましょう。そんなことよりも今夜は、俺の顔をしているんですから、セイメイ様が店へ出てください」

「は？」

大きな出来事があったから、すっかりと頭から抜け落ちていたが……

私と日向と珠が朝から、蛸薬師堂へと出向いていたときに、木陰は今日、暖簾を下ろす迫田にお疲れさまの意味を込めて店で宴会をしないかと、声をかけに行ってきたらしい。

ちょうど閉店当日の朝であったため、娘の明子も迫田の店に来ていて、昔を振り返りながら飲みましょうということになり、今夜は『結』を貸し切りにするという。

「俺が提案したのに、俺が店にいないのもおかしいと思います」

「まあ、確かにそうだな……ん？」

「それと、日向。今日は、迫田さんが家業の歴代の写真を持ってくるそうだ。その中に、珠の想い人がいるかもしれない」

「そうなの、木陰？　やった！　珠ちゃんに教えてあげなくちゃ！」

「……いやいやいやいや、待て待て待て。私は台所へ立ったことがない。木陰のフリはできないと思う」

「調理はありません。ほぼ切って盛るだけですから。それに、ずっと耳元で指示します。普段の俺を思い出してください……ほら、あまり喋《しゃべ》らないし、もし話しかけられてもそれなりに答えるだけです」

確かに、多少は不愛想でもいけそうだが……

心配そうな表情を読み取ったのか、木陰が紙の人形に戻り、私の肩にのって耳元でこう言った。

「大丈夫です。俺はもともとあなたの中にいたのですから」

五

心臓の脈打つ音が、外に聞こえているのではないかと思うほど、緊張にさらされている。過去、悪霊や妖怪、霊などの類の前に立つことはあっても、役を与えられて人の前に立つのは……ん？　あったかもしれんが、はじめてのような気持ちだ。

「セイメイ様、大丈夫ですよ。ちゃんと木陰に見えます」

「……日向、あまり嬉しくない」

「百歩譲って考えても、人間の男性の、それも若い身体になっているのに、わがままですね」

耳元で紙の木陰が不服そうに声を上げる。

「若い……？」

「ふふ。大丈夫ですって。僕もいますから」

「日向、頼りにしているぞ」

「は～い」

そのようなやり取りのあと、ほどなくして迫田家族が『結』にやってきた。

奥の間の掘りごたつに迫田が座っているのを、はじめて見る気がする。

宴会の席には、迫田と娘の明子、同じ彫師仲間の池田《いけだ》と谷中《やなか》が参加している。

今夜は貸し切りだ。事前に用意していた先付や、お造りなどを日向が出していく。

「おう。今日は豪勢やなぁ！」

「うちの常連である迫田さんが、これからも健康で楽しく過ごせるようにって、木陰が頑張ったんですよ」

「木陰、おおきに！」

とりあえず、迫田に笑顔を向けておく。

お酒を用意するのに、日向がカウンターに戻ってきた。

「瓶ビールで乾杯するんだって」

聞いてもいない報告を受ける。

「……日向、珠は放たないのか？」

作戦を聞いているが、段取りを聞いていない私は少し不安だった。

「少しお酒が入ったあとの方がいいでしょ？　だって、もしもさぁ……珠ちゃんの気配でも気づかれたら……ね。お酒のせいにできる方がいいもん」

ビール瓶を冷蔵庫から三本出す日向が、さも当然のように言う。

「そうだな」

そんな、日向が言うようなことはないのだが、まあ念には念を入れようということなのか。

その後、木陰と日向が昼に話し合った通り、迫田たちが思い出話に入ったところで、珠を放つそうだ。

日向が、いい具合に迫田から家系のことを聞き出す作戦だった。

明子には、前もって先代、先々代の写真や思い出の品を持ってきてもらっていた。

ほどよく頃合いになった頃、日向が熱燗を持って奥の間に上がった。

それを見計らい、私は瓢箪の栓を抜く。

『ああ……やっぱり、壮一さんの匂いがするわ』

という珠の想いが、あちこちに浮かんでいる。

同時に、珠がスッと弧《こ》を描くように奥の間の迫田の頭上へと飛んでいった。

日向が明子に、古いアルバムを見せてほしいとせがむ。

「へえ、すごく古い写真なんだね。これはいつ頃の写真なの？」

「父さん、これって確か、ひいじいちゃんの頃やね？　ということは……」

「ん？　ああ、それは明治時代かなぁ。当時は写真も何かの記念でしか撮らなかったらしいけど、じいちゃんはことあるたびに、写真館へ行くような洒落た人やったらしいで」

「そうなん？　いやぁ、ひいじいちゃんのことなんか、私もはじめて聞くわ」

「あそこにある、黒いビロードの表紙のアルバムは、じいちゃんの若い頃の写真が入ってると思うで」

迫田が指さした先には、朱色の風呂敷からはみ出た黒い表紙のアルバムがあった。

それを明子が取り出して、表紙を開いた。

アルバムの中には、大小様々な白黒やセピア色の写真が、所狭しと並んでいる。

そこに、想い人を見つけたのか、明子の上に珠が止まっていた。

「わあ男前さんやなぁ。これがひいじいちゃんやわ」

そう言った、明子の目に留まった男性の写真には、流れるような文字で『迫田壮一　二十歳』と書かれてあった。

「へえ、これが壮一さんかぁ……」

「ん？　あれ？　お父さん、日向君にひいおじいちゃんの話ししたことあるん？」

「あ、あ……うん。そう、ずっと前にね。聞いたことがあるよ、うん」

日向のやらかしに、私の耳元にいる紙の木陰が、パタパタとはためいた。

『……私の知っている壮一さんは十八歳やった。でも、変わってはらへん』

浮遊している玉の珠は、ほんのりと薄い桃色になって舞い上がる。

そして、ふわりふわりとアルバムを見る明子の上を漂った。

「これ、ひいおじいちゃんとひいおばあちゃんの結婚式の写真やね」

不意に出てきた『結婚式』という言葉に、珠が反応する。

『……お姉さまやわ。え？　壮一さんとお姉さまが結婚式しはったん……？　お姉さまは他《た》家《け》へ嫁入りするって言っていたのに……』

珠の動きが、ピタリと止《や》む。

そして、頁《ページ》をめくると、壮一とその珠の姉とが築いた家庭の写真が増えていく。

『スンスン……』と珠が泣いている。

そのまま珠が、フッと奥の間を離れようとしたとき、アルバムの中から一枚のセピア色の写真が舞い落ちた。

「これは……」

「わあ。お人形さんみたいに綺麗な子やね。隣にいるのはひいおじいちゃんやわ」

私は気になったのでカウンターから出て、その写真を覗きに行く。

すると、写真の少女はまさしく生前の珠だった。

その写真を、迫田も他の職人たちも覗いた。

「なんやったかな……それ、じいちゃんに聞いたことがあるわ。ばあちゃんと結婚する前に、ばあちゃんの妹と婚約しとったって。その写真の子は、ばあちゃんの妹やないかな」

「昔は、そういう話はよくあったよなぁ。許嫁《いいなずけ》が亡くなって、その家の他の姉妹と婚姻するって」

「ああ。うちもばあちゃんに聞いたことがあるで」

「へえ、そうなんですね」

珠はよほどショックだったのか、そのまま二階へと消えていった。

やがて、宴もたけなわ――というか、すっかり迫田が酔っぱらってしまい、宴会はお開きとなった。

最後は、娘の明子が彫師仲間の池田と谷中に頭を下げていた。

「日向君、悪いわね。明日にでもアルバム、取りに来るから」

そう言って、明子は父に肩を貸して帰っていった。

「ふう。珠ちゃん泣いてたね……」

「ああ。そうだな」

店を片づけて、私と日向も二階へ上がる。

木陰と日向が使っている部屋で、珠が転がっていた。

「珠ちゃん？　大丈夫？」

すると、おもむろに珠が姿を現した。

「……うん。壮一さんが、幸せだったんだってわかって嬉しい。嬉しいの……相手がお姉さまだったことも」

複雑な表情を浮かべてはいるが、その言葉に偽りはないようだった。

「私の病気が重くなって、壮一さんはよく蛸薬師堂へお参りに行ってくれていた。死んだあとに、あそこで待ってたら壮一さんと会えると思うていたんやけど……知らない間に、時間だけが過ぎていたんやね」

「珠、これを」

私は先ほどの写真を、珠に見せた。

壮一と生前の珠が写真館で撮ったのだろう。

椅子に座る上品な着物姿の微笑んだ珠。その隣には学生服のような格好の壮一が凛々《りり》しく立っている。とてもいい写真だ。

「会えないときも寂しくないようにって撮ってもらったんです。懐かしいわ」

「あれ？　よく見て？　ここに何か書いてあるよ？」

そう、日向が指摘した通り、写真の裏には壮一の字だろうか、『初恋の珠さんと』と書かれてあった。

「そう……いち、さん……嬉しい……」

「早く、向こうにいった方がいいな。また、巡り会うこともあるかもしれない」

「はい！」

紙きれの木陰も珠にエールを送る。

その後は、明子が置いていったアルバムを見ながら――おじいさんになった壮一の写真も見て、木陰と日向と珠は和《なご》やかに笑いあっていた。

そして、彼女はようやくこの世の未練を断ち切ったようだった。

翌日、日が昇ると私はすっかり猫の姿に戻っていた。

木陰も木の人形へ思念が戻り、顔も取り戻している。

私たちは、珠の気が変わらないうちに、『結』の小さな庭で紙の人形に移した彼女のお焚《た》き上げをおこなった。

大晦日《おおみそか》の朝の青い空に、ゆっくりと煙が立ち昇る。

「次は丈夫な身体に生まれてきますように」

そっと呟いた日向の優しい想いは、きっと珠に届いたことだろう。

＊

珠が成仏して数時間後――

「おい、日向‼」

「ん？　木陰、どうしたの？」

「どうしたもこうしたも……お前、蛸をそのまま出しっぱなしじゃないか‼」

「あぁっ！　すっかり忘れてた！」

慌てた様子で日向が木陰のもとに飛んでくる。

「そのままじゃ、ダメなのかにゃ？」

私は木陰の手元にある蛸が見えるように、カウンター席へと上った。

「めちゃくちゃ、匂いもぬめりも出てる……」

木陰が甘露煮《かんろに》にしたら食べられるかなどとブツブツ言っている。

そういえば、蛸串を作るときに木陰が何か言っていたことを思い出した。

「木陰、そういえば蛸串を作っているときに何か言っていたが、大切なことか？」

「セイメイ様は、蛸は食べられません。という話をしたかと？　もう、忘れました」

この珠の問題が始まる前に、猫の食べてはいけないモノがあるとか、本を買いに行っていたっけ……

「甘露煮《かんろに》の蛸串にして、迫田さんに差し入れてやろうかな」

「迫田さん、蛸好きだもんね」

「知っていたか？　蛸が縁起物だって。茹でると紅白になるし……」

「ご多幸《たこう》ってひっかけてたりするんでしょ？　結子様も前に言ってた。面白いよねぇ」

「今年一年来てくれた感謝の思いも込めて蛸串を作るよ。迫田さんには長生きして、うちに末長く通ってもらいたいからな」

大晦日と正月は、営業はしないと、結子女将の頃から決めている。
ただ、仕込みはないが、ささやかな年末年始のお料理は用意しないといけないと、二体は感じているのだろう。

きっと、誰かが結子に線香を上げに来るはずだから。

「それにしても、二人が元通りに戻って良かったよね」

日向の一言で、解決していない問題がまだあることに気づく。

『じきに、込めた思念も尽きる日が来るだろう』

確かに保憲殿はそう言ったが、それまでにできることもあるはずだ。

「悪いがまだ、双六の相手はできそうにないゆえ、許してください」

兄弟子へと届くはずもないのに、そう小さく呟いたところで、私は日当たりのいい階段を四段ほど駆け上がり、身体を丸めて目を閉じた。

第四章　はんぺんバターと夢

一

あれから、兄弟子である賀茂保憲殿の夢は見ていない。

正月が明け、初夢には遊びに来るかと思って眠りについたが、会いに来てはくれなかった。

「猫の睡眠時間は長いのに、たくさん夢も見るのに……保憲殿殿はつれないにゃ」

と、ぼやいてみるも、珠の一件で懐かしい夢を見た印象がいつまでも残っているからやるせない。

一階へと続く階段の途中で、今日も私は眠りこけていた。

『結』は、明日から営業開始だとのことで、今朝も早くから日向が出汁を準備している。

去年と変わらない、店中に充満しているかつおと昆布の香り。

そこへ、八百屋の大将が納品にやってきた。

「おう！　今年もよろしくたのむわ！　箱ン中に練り物屋からのはんぺんも入ってるで」

「あ、ありがとうございます」

箱の中をがさがさと確認する日向。

「大根、海老芋、ネギに生姜っと。それからはんぺんも。はい、ＯＫです」

「明日は、ごぼうをお願いします。ごぼう天を仕込むので」

木陰が大将にそう言うと、大将が何かを思いついた様子で声をかける。

「んじゃ、すり身もいるやろ？」

「あ、はい……では、練り物屋に発注するときに言っておきます。いつもすみません」

「ついでやからええで。ほんならな」

そして大将が帰って、木陰と日向はまた黙々と仕込みを始めた。

いつもの光景だ。

阿吽の呼吸度が増したのか、最初こそ二体は互いに報告や相談をしながら仕込んでいたが、今は結子の生前と変わらないくらい静かで、調理中の音だけが優しく奏《かな》でられている。

昼に差しかかった頃、『結』の固定電話が鳴った。

「はい、おでん料理『結』です」

電話に出たのは、日向だった。

「はい？　あ、智子さん？　今日の十九時に二人で予約？　はい、大丈夫です。待っていますね～」

智子が晴香と来るのか？　たぶん、そうだろう。

予約なんて入れなくてもいいのに……と思いながらウトウトしていると、木陰が日向に話しかけた。

「……十九時に二人？　わざわざ予約なんていらないだろ？」

「ちゃんと予約してくれるって、ありがたいでしょ？　木陰、何言ってるの？」

「きゃーきゃーうるさいのは苦手なんだ……」

「もう、木陰‼　女の子が来る店こそ、いいんだよ？」

お前らの方がうるさいぞ、とも思いつつ。

今日はどうしてか、とても眠たいことに気がつく。

……あれ？　な、なんだ？

身体に変化があるときの不快感が、全身を巡る――

「わぁっ‼」

ドドドンッ‼　と、急に大きくなった身体が階段から転げ落ちてしまう。

「ああっ！　セイメイ様！　大丈夫ですか⁉」

日向が慌てて駆け寄ってくる。

「……また、人間になった。どうりで、俺が朝から疲れているはずだ……」

「え？　木陰、疲れているの⁉」

「俺のことはいいから、早くセイメイ様に服を――」

日向は私を抱えて、結子の部屋へとやってきた。

いつものタンスから、冬物の女の子の服を出し着せてくれる。

「この赤いセーター、とても似合うね。はい、今からまた日向にいちゃんだからね～」

「わかったから。早く、ズボンを選んでくれ」

「そうだね。寒いから……このコーデュロイのがいいね」

楽しそうな日向が、少し羨ましい。

「ところで、木陰は大丈夫だろうか……もしかしたら、新しい玉が来る前ぶれかもしれんぞ」

「そうだね。いつも、セイメイ様と木陰の不調なときに、いろいろと起こる……ん？　逆じゃない？　いつもは、玉がいて、その後に不調にならない？」

日向の言う通りのような気がする。

しかし、じゃあ、どうして、今？

答えの出ない謎は、深まるばかり……

着替えを終え、日向と一階へ下りてくると、木陰が普段通り仕込みを続けていた。

「良かった、木陰がちゃんと動いてる～！」

「なんだ、日向も同じことを考えていたのか」

「わあ、奇遇だね。セイメイ様もなんだぁ！」

なんとも言えない顔をして、木陰が睨《にら》んでいる。

「なんだ？　木陰、具合が悪いのか？」

「……良くはないです、が。まあ……今回は大丈夫だと思います」

「なんだぁ～、ややこしい顔しないでよ～」

「さあ、セイメイ様も何か食べておいた方がいいですよ。何かあったときにお腹が空いていては、力が出ないでしょうから」

「木陰、いいのか⁉」

「はい。用意しておきました」

コトッと置かれた皿には、新鮮なお野菜の山がある。

「わあ！　木陰、ありがとう！　いただきます！」

「おお～！　セイメイ様のお行儀が良すぎる」

「人間の姿に慣れてきたんだろう」

木陰が私を見てフッと笑う。

さすがに猫のように皿に顔を突っ込んでは食べられないだろうが！　と思いながら、もしゃもしゃとお野菜を頬張る。

日向は木陰のいるカウンターの中に入り、手を洗って仕込みの続きに入るようだ。

カウンターの上には、納品された野菜たちやはんぺんが置かれたままだった。

……まあ、この店舗はこの仕込みの時間に暖房は入れていないから大丈夫だろう。

生身の私とは違い、彼らは寒さに強いのだ。

なんせ、木だからな。

私はセーターの上に、綿入りのはんてんを着ているので完全防備だ。

「日向、木陰。今日は私も気をつけるにゃ。だから、お前たちも気をつけてくれ」

「わかりました」

「了解だよ～」

そして、仕込みが終わり――束の間の休憩時間。

「終わった。悪い、日向……少し休ませてもらう」

「うん、わかった。木陰、大丈夫？」

「ああ……あと、セイメイ様を頼む」

日向の視線が、子供の姿の私に注がれる。

「私の心配はいらん。見ての通り、ぴんぴんしているだろう？」

「まあ……そうですけど……僕としては、セイメイ様にも木陰にも元気でいてほしいです」

日向がしゅんとした。先日、木陰が木の人形に戻り、私が木陰そっくりの成人した姿で現れたことは、彼の中に大きな不安の影を落としたようだ。

いつか、木陰に込めた念は、私の中に戻り……日向に込めた念も、私の中に戻って……その後は私だけがこの世に、念が尽きるまで生かされることになるのかもしれない。

このことを、私はまだ二体には言えずにいた。

「セイメイ様、ちょっとでも何か異変を感じたら……言ってくださいね？」

「わかってる」

私よりも木陰を心配してやってほしい。

いや、心配してはいるんだろうけど、あれはどうにもできないといった感じだな。

「はあ。何事もなければいいけど……」

「まったくだ」

だけど、今日の来客の予定は、いつも通りの迫田。

それに電話があった智子ともう一人。

何か起こるような感じはまったくしない。

現在、この付近に玉の気配もない。

「セイメイ様もお昼寝しておいた方がいいよ」

「そうだな」

日向と私は、奥の座敷へと上がって休むことにした。

私のことを想ってか、日向は結子が使っていた電気ストーブを出してくれる。

じんわりと温まる身体。

横になると、すぐに睡魔が私を夢の中へと誘《いざな》った。

『わずかな不安が拭《ぬぐ》えず、ただただ不安が積もっていくときには用心した方が良い。そんなときに限って、何かが起こるものだ。考えてもいなかった出来事がやってくる、そんな前ぶれだったりするぞ?』

四つ年上の古い友がよく言っていた言葉が聞こえてくる。

そう、保憲殿の懐かしい言葉が、ふとどこからか聞こえてきて私は振り返った。

「荷葉の香り……保憲殿か?」

見上げる形になっているのは、夢の中でも私が少女の姿になっているからだろう。

「如何《いか》にも。お前の友の保憲殿だ」

「ようやく会いに来てくれましたか」

「おや？　この保憲を待っておったのか？」

「待ってはいません。が、初夢には出てくるだろうとは思っていました」

くすくすと笑う声とともに、保憲殿はようやく私の夢の中で姿を現した。

「どうだ？　お前に会うので、新しい衣を着て参ったぞ。お前はどうして少女の姿なのだ？」

「知りません。ところで……これは、私の意識下で見ている夢なのですか。はたまた、保憲殿が本当に私の夢の中へと来ているのでしょうか……？」

「さあ、どちらだと思う？」

「茶化さないで。私の意識下で見ているとは到底思えぬから聞いているのですよ」

「であろうな……しかし、誠に可愛い姿で驚いた」

「可愛いと言わないでください……困惑します」

最初の夢のときは、私が己の意思で見たのかもしれないと思うこともあったが……これは、違う。

はっきりと断言できる。

「保憲殿、千年も先の世のことまで、何を心配しておるのです？」

「心配などしてはいない。晴明、お前がすぐに戻ると言ったっきり、戻ってこないからこうやって来ているのだろう？」

「え？」

「我らはともに楽しく、次に生まれるときを待っていたのに……お前が何かを見つけて下界へと降りてしまった……長い間、お前を探したのだぞ？」

保憲殿の言っている意味はわかったが、彼の言うような記憶は私にはなかった。

「悪いのですが……保憲殿の言うような記憶が私には……すみません」

「いや、じきに思い出す。お前が今やっていることを悔いる日も、間もなく訪れよう」

「そ、それはどういう……!?」

「晴明、お前もわかっていることだ。気がついているのだろう？」

「何を？　なんのことです？」

「では、またな。そろそろ時間だ——あと、不安が募るときは用心するのだ。わかったな、

晴明……」

「保憲殿！」

保憲殿は優雅に手を振り、遠のいていく。

「保憲殿ー！　ちゃんとはっきりと最後までものを言えぇぇ!!」

「はっ⁉」

息を飲み、起き上がると、日向が目を丸くして私を見ていた。

「……セイメイ様も変な夢を見たんですか？」

「……そういう日向も、か？　どんな夢だ？」

「うんと、結子様がね……ここに遊びに来るって」

「結子が？」

日向の話によると、夢に結子が出てきて新年の挨拶《あいさつ》をしたそうだ。

その流れで、天国はつまらないから、初盆《はつぼん》には早いけど遊びに行くわねと言われたという。

「天国が、つまらない？　はっ、なんと贅沢な……いや、それよりも式神が夢を見ただと？」

今風の美しい顔がついた木の人形。私の思念が込められて動いたり話したりはするが、夢を見るものなのか？　と衝撃的なことばかりで、頭が追いつかない。

それに、夢での出来事とはいえ……結子がどうして遊びに来ると言ったのか。

保憲殿が言っていた私が悔いる日が来るというのは、どんなことなのか。

……などなど、気になってしまうがないのもあって、ずっと考え込んでいると、二階から木陰が下りてきた。

その足取りは軽く、調子が良くなったのだろうか？

ん？　何か様子が――

「あらあら。今は猫の姿ではないの？　だけど……セイメイ様もお元気そうね」

「ゆ、結子なのか……？」

「ええ、そうよ。来ちゃったわ」

肩をすくめて笑うのは結子の癖だ。

木陰の姿であっても、結子だとわかる。

「結子様……？　え、ええっ⁉　来ちゃったんですか⁉」

「だって、夢の中で日向ちゃんが言ったでしょ？　いつでも戻ってきていいですよって」

ああ呆れる。

何なんだ、まったく……結子が戻ってきただって？

確かに天に昇っていったのを見届けたはずなのに。

「セイメイ様、しばらくよろしくね」

「結子、よろしくねと言っても、それは木陰の……」

「わかってるわよ。木陰君がいいって言ったのよ」

木陰のヤツ……

「結子様、ちゃんと木陰になりきってくださいね！」

おいおい、日向も日向だな。

「は？　そういう問題なのか？」

「任せて！」

木陰の姿の結子が明るく笑う。

どうして戻ってきたのかも気になるし、今回の異変は結子の玉が戻ったことに関係しているのかどうかは、さておき……なんだか波乱の予感がするのは、私だけなんだろうか……

さっそく、今夜の営業が心配だ。

二

木陰の中に入った結子が、一階のカウンターの中へ入った。

「わあ、私がいなくてもちゃんとキレイにしてくれているのね」

まだ死んで五ヵ月も経っていないのだから、当たり前だろう。

日向はニコニコしながら、結子にべったりくっついている。

「もう、結子様のやり方が染みついているからですよ」

「あら？　はんぺんは出しっぱなし？　冷蔵庫に入れなくちゃ……」

「結子、店の室温は冷蔵庫の中くらいの温度だから大丈夫だ」

私が日向の代わりに口を出した。

「そう？」

小首をかしげる木陰だけれども、中身は結子。

迫田にバレなければいいが……と不安がよぎる。

「今夜、はんぺんが注文されたらいけないので、僕、バターを切っておきますね」

「はい、よろしくね」

日向は冷蔵庫からバターを出して、五ミリ角の立方体をたくさん包丁で生み出しはじめた。

それを、水を張った深さのあるステンレスの角パンの中に浮かべる。

「結子様、今日の予約はね……豆腐屋の智子さんと、そのお友達。あと、予約はないけど迫田さんも来るだろうね」

「まあ、久しくお会いしていないから楽しみだわ」

おいおい、楽しみ!?　それだと、困るんだぞ？

可愛らしいしぐさが、いつも無愛想な木陰とのギャップを生み出していて、若干気味が悪いのだが、結子はそんなことを気にしてはいないようだ。

「結子、今は木陰の姿なんだぞ⁉」

と一応、念を押しておく。

すると、日向と木陰の顔をした結子が、同時にばつの悪そうな顔をしてこっちを向いた。

「だ、大丈夫よ。せっかく下界へ来たんだもの……頑張るわ」

そう言った結子、いや見た目は木陰の顔に影が差した気がした。

まあ、子供の姿の私は何もすることがない。

二人の様子を遠目に眺めながら、考えることにした。

結子は何か理由があって、こっちへ来たのか？　と。

やがて、奥の間の柱時計が開店の時間を告げた。

暖簾を出した日向が、店の中に戻ってくる。

「ねえ、セイメイ様、外は雪が降り出したよ！」

「どうりで寒いはずだな」

「はんてんだけで、寒くない？」

「大丈夫だ。少し足の先が冷たいくらいだ」

日向と私の会話を聞いていたのか、結子は二階へと駆け上がっていった。

そして、すぐに下りてくる。

「こういうのも買ってあったのよ。うちには必要ないけど、子供服売り場は楽しくてね」

結子が持ってきたのは、靴下と長靴だった。

ピンク色のお花がついた白い靴下を私に穿かせると、次に赤い長靴を私に履かせてくれた。

「あたたかい……」

「セイメイ様は男の子なのに……女の子のモノが多くてごめんなさいね」

「あ……結子様、セイメイ様は実はメス猫で、女の子なんですよ。生前は男性でしたけど……今の身体は女の子で、中身はおじいさんなんです」

日向、ご丁寧に結子への説明をありがとう。

それを聞いた結子は、私を見つめて少しした後に「まあ、そうなの⁉」と驚いてみせた。

なぜか、またしばしの沈黙が訪れる。

「何か言いたいことがあるのだったら、言っても構わんぞ？」

「いえ、江戸時代から気がつかなかったということよね？　あらあら」

だーかーらー、何が言いたいんだ、結子‼

「そんなこともあるのね」

お？

受け入れよった……こういうところは結子のいいところでもある。

だから昔も、私や式神たちのことが『そんなこともあるのね』で、片づいたのだ。

「さて、そろそろ智子さんたちが来るかな？」

「いいか、結子。あくまでもその身体に入っている間は、木陰だぞ？」

「わかってるわ」

「……わかってるわ、ではなくて『わかった』だ。なんならもう喋《しゃべ》らない方がいい」

「はいはい」

結子は本当に理解しているのかと苛立ちを覚えたが、仕方がない。

心臓に悪い夜はこうしてやってきた。

今夜の予約の時間、数分前。

「こんばんは……あ、明けましておめでとうございます。今夜、予約してると思うんですけど……」

顔を出したのは、智子ではなく、彼女の友人の晴香だった。マスクをつけているから、すぐにはわからなかった。

「あれ？　晴香ちゃん？　久しぶりだね。今年もよろしくお願いします」

「こちらこそ……」

「予約、聞いてるよ。智子さんからでしょ？　さあ、どうぞ」

晴香と智子が予約していたのか、と思っていると、晴香の後ろから、予想もしていなかった男が顔を出した。

「……どうも、ご無沙汰《ぶさた》をしています」

「え、あれ？　今夜は二人って聞いてるけど……三人？」

「いいえ、智子さんは来ません。代わりに予約してもらったんです」

「そうなんだ。てっきり、智子さんが来ると思っていたよ」

二人はばつが悪そうに、頭を下げた。

晴香と一緒に来た男は、以前願いを叶えきれなかった玉、かなでの弟・音也だった。

二人のなんとも言えない様子に、一気に私の心がざわつき出した。

奥の座敷に用意していた予約席へと日向が案内しようとするが、二人はカウンター席を選んだ。

木陰の姿をした結子が、二人の前に先付を置いた。その後に手渡ししたおしぼりからは、うっすらと湯気が立つ。

「ごめんね。店の中がまだ温まらなくて」

「いいえ。こちらこそ、すみません。智子さんじゃなくて……」

「え？　あ、嫌だなぁ。晴香ちゃんと音也さんだって大歓迎だよ。飲み物は何にしますか？」

「じゃ、えっと……」

二人は梅酒を頼むと、また熱いおしぼりで手を拭いた。

私は座敷に上がった。

どうしてそうしたのかというと、二人が纏《まと》う雰囲気がなんとなく、私を遠ざけたのだ。

「はい、お待たせしました。梅酒ソーダです。注文は何にしますか？」

「あ。あそこに書いている、今日のおまかせの『はんぺんバター』と大根、海老芋とこんにゃくで。音也さんは？」

「じゃあ、玉子と……牛筋でお願いします」

「はい。かしこまりました」

どうやら、二人は恋人同士になったのかにゃ？　と様子を窺いながら想像した。

さっき感じた心のざわめきが、この様子のことならば大したことはなさそうだとホッと一息なのだが、まだそれは収まってはいなかった。

注文が入った、木陰……じゃなかった、結子は手際よく無言でおでんを仕上げていく。

一品一品を、深い小皿や平皿で盛りつけていくのだ。

注文の伝票を確認した結子は、おでん鍋に四等分した三角形のはんぺんを投入する。

大根と玉子を先に盛りつけて出したあと、先ほど鍋へ入れたはんぺんをちらりと見る。そして、熱が通ったのを確認したらしく裏返した。

もうしばらくすると、三角形のはんぺんはすっかりと温まり膨れていたので、ブルーの皿へのせて出汁も注ぐ。

そのはんぺんの上に、細かく刻んだバターを散らして完成だ。

「おまたせしました」

なかなか上手く木陰を演じている結子。

あっという間に四品が二人の前に並んだ。

さすがは結子、手際がいい。

「美味しそうやね。音也くん、いただこう？」

「あ、そうだね……いただきます」

そんな二人のやり取りに返事をするかのように、日向は笑顔を返した。

しかし、この二人……どうも様子がおかしい気がする。

音也の兄・かなでの一件は、去年の十一月頃のことだったかと思い起こしてると、音也の想いが視えはじめた。

『……もう少ししたら聞いてみよう。兄さんのこと……』

え？　と、もう一度目を凝らして、漂う想いを視てみる。

そうか、音也はかなでのことを聞きに来たのか。

こういうことになるから、木陰には本当に来たのかと懸念していたのだ。

この私たち（まあ、厳密には木陰たち）がやっている行為は、想いを残した玉がその想いを遂げるために、生者との間に入るというもの。いくら会ったことがない人間とはいえ、後々、バレてしまうことだけは避けたい。

今夜のように、音也が来たら……木陰はこの件を一体どうするつもりだったのだろう。

それを聞こうにも、今、ここに木陰はいない。

〝木陰〟から、残りの数品を出されて、二人は黙々と食事をしている。

食べて、梅酒を一口飲むと、晴香がまたマスクをして日向に話しかけた。

「あ、ごめんなさい。最近、インフルエンザが流行《はや》ってて、なるべくマスクするようにしているんです」

そういえば、今年はインフルエンザが猛威を振るっていると新聞に出ていた。

通りを往来する人たちも、みんなマスクをしている気がする。

「……気をつけなくちゃね」

日向が心配そうに言う。

「ええ。私の職場はご年配の方のお世話をするから、本当はあまりあちこち出歩かないようにって言われているんですけど、どうしてもおでんが食べたくて」

「インフルエンザかぁ。用心するに越したことはないよね」

そうか、確かに、常連の迫田の来る日も減っている……今夜、この時間に来ていないということは、娘の明子に行くのを止められたのだろう。

インフルエンザウイルスが蔓延《はびこ》る、この冬の京都。

行動を自粛し、アルコール消毒やマスク、手洗いにうがい……こういう方法が平安時代にもあれば、助かった命もあっただろうに。とはいえ、当時は悪霊や呪いが悪さをしていたと思われていたからなぁ。

人の進化はものすごいものだ。

そんなことより、木陰、どうするんだ？

と、つい木陰を見るも、中身が結子だとハッと気づく。

……あれ？　結子が音也を見ている……？　一体、何をする気だ？

そう懸念していると、結子が音也に話しかけた。

「お味はどうですか？」

「あ。美味しいです」

「良かった」

「あ、あの……！」

「はい？」

「その、その節はお世話になりました！」

「……？」

お世話になったと言われても、そこにいるのは木陰ではない。だから、一瞬、結子がなんのことを言ってるのかわからないといった顔をしたが、一変。すぐさま彼女は、木陰が見せないような笑顔をたたえた。

「いいんですよ」

きっと音也がなんのことを言ったのかわかっていないと思う。が、結子は音也に気を遣わせないために、そう言ったのだ。

『接客業が長いと相手に合わせることも大切なのよ』と生前、彼女が言っていた言葉を思い出す。

「あの、それで今日は聞きたいことがあって……」

「聞きたいこと？」

「はい。兄のことなんですが――」

何を聞かれるのだろうと、緊張が走った。

にこやかな〝木陰〟の表情とは裏腹に、日向の引きつった笑顔が私の視界にも入ってくる。

「お兄さんのことですか？」

「ええ、以前、この店で会わせてくださったでしょう？」

「そう、ですね」

と言って、〝木陰〟は何か思い出したように話を続けた。

「あれは、日向がかなでさんと出会って、彼の悩みを親身に聞いていたんですよ」

……あれ？　結子と音也の話に食い違いがない。

どうしてだろう？　ここにいるのは確かに結子のはずなのに、まるで木陰が話しているようだ。

そう考えている間に、音也がとんでもないことを言う。

「……あの日、実は……既に兄は亡くなっていたんです！」

音也から告げられた内容に、〝木陰〟と日向は小さく「え？」と漏らした。

おそらく、その「え？」は、音也がまさかそういう切り口で告白するとは思っていなかったから出た反応だったのだろう。

音也は、兄が幽霊になってまで弟の自分に伝えたかったことがあり、いろんな人を巻き込んでいた、と思っているふしがある。

「後から聞いたんです。福祉の方や施設の方に……兄が母に言われていたことや、兄が今まで一人で母の介護をしていたことも……あの日、日向さんが、巾着袋は食べてみないと中身がわからないって言ったでしょう？」

「……うん。そうだね」

「食べた人しかわからない……あれって、当事者しかわからないことがあるっていう意味で言ってくれたのに、僕は自分のことばかりだった。一ミリも兄さんのことを知ろうとしなかった……できるなら、あの日に戻りたいんです」

ぽたぽたと涙をこぼす丸まった音也の背中に、晴香がそっと手を添えた。

三

「はんぺんバター、温め直しましょう」

と木陰が言った。

いや、厳密には結子が言ったのだ。

音也はひとしきり泣き、やっと落ち着いた様子だった。

「音也さん、大丈夫？」

「……うん。ごめん」

晴香の心配そうだった表情も、少し和らいでいる。

玉だったかなでは、納得をして天へと昇った。

そのことをできるなら、音也に教えてやりたい。

あれから音也が、ちゃんと母親のところへと通っていることも、かなではきっと喜んでくれているに違いないということも……私や日向、それに木陰も知っている。

店内は、おでんの鍋のコトコトという音と、出汁をレードルですくい小鍋に入れる音。それから、はんぺんを温めるためにコンロに火をつける音がした。

耳を澄ませると、炎が燃え盛るボーッという音さえ聞こえてきて、他は静かなものだ。

この静けさは悪いものではなく、どちらかというと居心地はいい方だろう。

音也にとっても、その周りにいる私たちにとっても。

調理をする音は聞いているだけで、心がワクワクする。

膨らんだはんぺんは、新しい小皿に移されて新しい出汁が注がれた。

その上から、新しい細かい角バターが散らされる。

「温かいうちにどうぞ」

音也は、バターが溶けかかったはんぺんの真ん中に、箸を入れた。

ふわふわした白い表面の裂け目には、溶けた黄色いバターが流れ込んで、その下のおでん出汁に浮かんだ。

箸で割ったはんぺんに、出汁もバターも絡ませて口の中へと運ぶ……その瞬間、音也は目を細めて、再び涙を流した。

「お……美味しい……です」

「生きてるんだから、お兄さんの分もたくさん美味しい物食べたり、楽しいことしたり……するのよ。あなたが前向きに生きることを一番喜んでくれるわ」

結子⁉

あ〜結子が表に出てしまった……今、私と日向はしょっぱい顔になっていると思うが、当の本人はにっこり微笑んでいる。

晴香はというと、少し戸惑った顔をしている。ただ、言われた音也は「そうですね」とおしぼりを目頭にあてていた。

そして――二人が席を立ったとき。

「ごちそうさまでした。今日は来て良かったです」

木陰のオネエ言葉が出たあとに、音也は日向がかなでと出会ったときのことを聞きたがり、日向はいろいろなことをオブラートに包んで話していた。

〝木陰〟は、私が小声で注意をしたので、あれからは一切喋《しゃべ》っていない。

「ところで、その……二人はお付き合いしてるんだよね？」

日向が音也に尋ねた。

私もそれが聞きたかった。

そうだろうなとは思っていても、決めつけてはいけないこともある。

もしかしたら、晴香とではなく、智子とお付き合いしている場合もあるからだ。

まあ、確率的には低い、低いのだが……

二人は顔を見合わせて、笑う。

「はい。お付き合いしています」

晴香は音也の様子を窺いながら、日向の質問に答えた。

「やっぱり！」

「……だから、木陰さんが音也さんを施設に連れてきてくれてなかったら、今こうしてここにいなかったかもしれなくて……」

「木陰さんと日向さんには、感謝しかないです。本当にありがとうございました」

カウンターの中から、木陰がにっこりと微笑む。

「また、来てくださいね。今度は、智子さんに予約してもらわなくても、こちらに連絡してください」

そう言って日向が音也に渡したのは、新しい『結』の名刺だった。

晴香と音也が帰ったあと、この店に来たお客様は〝ゼロ〟。

間もなく終わりそうな閉店作業中の木陰がぽつりと言った。

「私に孫が二人もいたんだねぇ……」

厳密には木陰の中に入っている結子が言ったのだが……

「結子様？　今、なんて言った？　孫が二人もいたって言ったの？」

すると、日向が水道の水を止めてこちらを向いた。

なんとも言えない顔をしている木陰。

何度も言うが、中身は結子だ。

「そうなの。あの音也くんは、私の孫なのよ。そして、お兄さんのかなでくんも私の孫」

「な、何を根拠に、そんな話が出てくるんだ？」

私はつい、結子に叫んでいた。

結子は遠い目をして、カウンター内のスツールに腰を下ろす。

「私も死んで気がついたんだけどね。死んだからわかるのよ。自分の身内かどうかが……私も今夜、はじめて経験したけど、音也くんを見ていたら、音也くんの父親の顔が視えてきて、それが私の息子だと気づいたのよね」

「……それは本当か？」

「本当よ。こんなことで嘘なんてつかないわ。生きているときも気になるお客様だったけど。音也くんの父親……息子はね、この店にも何度も来ていたのよ……あれは、私に会いに来てくれていたのね」

結局のところ、後から真実が見えてくることがある。

その時々の今を真剣に生きていても、こうなのだ。

生きているうちにしっかりとわかっていたなら、もっとできることがあったのに、なぜ、死んでしまってから真実を知ることになるのだろうと、結子は今思っているのだと思う。

「東京にあの子を置いてきた罰よね。まだ、小さなあの子を置いて、私は京都に来たの。嫁いだ家に馴染めなかった私は、あの子を連れて出ることも許されなかった。ずっと心の底にしまっておいたんだけどね」

「結子様……」

「ここへ来て三十年ほど経ったある日、この店であの子の友達だと言う人がお客さんでやってきたの。そのときに孫ができたことを知ったわ。あれは、きっとかなでくんのことだったのね……」

しゅんとした結子を見て、日向が私に話があると言ってきた。

日向に引っ張られるまま、私たちは二階へと上がる。

「ねえ、結子様と音也くんのお父さんを会わせてあげることはできないのかな？」

「……会わせるって？　木陰の姿でか？」

「うーん……そうじゃなくて、結子様の姿で……それはムリだよね～」

結子は昨年、亡くなっている。

もし、ここに何度か来たことがある人間なら、店の屋号が変わったことや、店主が亡くなったことを知っていてもおかしくはない。

いや、それ以前に、結子の姿で会わせるなどということは、絶対にあってはならないだろう。

「結子の姿ではダメだ……できるとしたら……田辺のときみたいに、息子を呼んで結子の玉を同席させる方法しかなかろうな」

「そう、だよねぇ……だけど、それだと結子様からの想いが伝わらないよね……」

だとしても、間接的に結子と息子を会わせる方法しか、思い浮かばない。

「その方法でも、結子は喜ぶだろうし、息子にも結子の死を偲ぶ時間は与えられると思うが？」

「それしかないなら、やってみよう。よほど心残りでこっちに来たのかもしれないし。子供のセイメイ様と僕だけじゃちょっとどんな風にできるか、想像もつかないけど……」

「にゃっ？　私はなんでもできるぞ！」

日向のその言葉に、ややムカついたが、少し前に見た結子の表情の陰りを思い出す。

そして続けて、日向は自分を奮い立たすように言う。

「だよね。木陰がいなくたって、なんとかなるよ！」

「おい。俺は仲間はずれか？」

「っ!?　木陰!?」

階段を上り切ったところで木陰が姿を見せた、日向と私は驚きを隠せない。

「えっ。いつから聞いてたのっ？」

「……できるとしたら、田辺のときみたいに……というところからか」

どうやら、日向と二人でやるのは免れそうだ。

そんなことよりも、木陰がここにいるということは……

「結子はどうした!?」

「結子様なら、玉になって今は奥座敷のいつもいた席にいます」

生前、いつも帳簿をつけていたところかとホッとする。

「急に元に戻ってて、びっくりしたよ……もう」

「日向、結子様に恩返しできる、いい機会になりそうだな」

「よし、ここは二体と一匹で協力しよう！」

と言った途端、私は目が回り階段を転げ落ちていた――そして、落ちながら馴染みのいい猫の姿へと戻っていった。

「すっかり、人の子の姿だったことを忘れておったわ」

翌日、朝から木陰と日向は出かけていった。

私は、玉の状態の結子とお留守番をしている。

「ねえ、あの子たちはどこに行ったの？」

「……さあ。仕入れじゃないか？」

「仕入れって、いつも夜のうちにＦＡＸしてるでしょ？」

「いや、結子がいなくなってからは、時々、錦市場へ直接品物を見に行くのだ。私もたまに連れていってもらう」

「あら、そうなの？　私も行きたかったわ……」

昨日のことは何も言わない結子。

男の子の孫が二人もいたなんて、きっと喜んでいると思っていたのだが、息子とのことを思い出してしまうのだろう、だから何も言わないのかもしれない。

結子は、猫の私と他愛のない会話をしながら、ずっと奥座敷の定位置にいた。

気がつくと、いつの間にか眠ってしまったようで、私は白い靄《もや》の中を生前の姿で歩いていた。

「……ここは、夢の中か」

ふと、隣を見ると生前の、いや、ずいぶんと若くなった結子が微笑んでいる。

「晴明様、どうやら私たち……眠ってしまったようね」

「ああ。そうだな」

「フフッ」

「何がおかしい？」

「いいえ、あの子たちに聞いたことはあったけれど、晴明様はなかなかのイケオジでしたのね」

「何を言うかと思えば……しかし、よく私だとわかったな」

「死んでしまうとわかるんですよ。繋がっている縁は何もかも……」

「そういうモノか？　私は一度死んでいるが……わからん」

そう言うと、結子はくすくす笑った。

「しかし、死んだ者も夢を見るのか。新しい発見だな」

「いえ、私が見ている夢ではないわ。晴明様の夢に私がお呼ばれしているのよ、たぶん」

「そうか。それはすまない」

「あら？　楽しいから問題はないわ」

そういえば、結子は楽観的な性格だったことを思い出す。

たった数ヵ月間、そばにいなかっただけなのに、こうも鮮やかに記憶がよみがえってくるほどに懐かしい。

「結子との三十年は、私たちにとって大切なモノだったのだな」

私が呟くと、少し先を歩く結子が振り返った。

「ねえ、晴明様……靄が晴れてきたわ。あれは、何かしら？」

「その先へは行かない方がいい気がする……」

小さな予感はすぐさま的中する。

これは、私の夢であるが、私の夢ではない——保憲殿が見せている夢ではないかと……

走っていく結子を追いかけて、靄の晴れた先にある庭へ出た。

見覚えのある庭には池があり……見事な朱色の太鼓橋がかかっている。

そして、見覚えのある者がいた。

「おかえりなさいませ、晴明様」

「……式。これは、保憲殿が見せているモノなんだろう？」

「わたくしからは、何も言えません」

生前、と言ってももう千年以上も前のこと、この式は私に仕えていた式神だった。

この夢の中では、おそらく保憲殿に仕えているに違いない。

仕方ない、こやつに言ってもと思い、私はこの夢の中のどこかにいる保憲殿に言い放った。

「保憲殿、何用で私をここに呼んだのかは知りませんが、私も暇ではない。用件を言ってください！」

そこで気がついたのだが、あたりを見渡しても、先ほどまでいた結子がいない。

「……結子？　結子！　どこへ行ったのだ？」

「晴明様、こちらですよ」

どこからか、彼女の声だけがする。

心の中で苛々《いらいら》を募らせながら、私は彼女の声を頼りに庭の中を歩いた。

「……まったく。いつまで私を歩かせるつもりだ？」

立ち止まると、すぐそばに人の気配があった。

見ると、そこには保憲殿が立っている。

「やはり、保憲殿。結子はどこですか？」

「結子？　ああ。晴明とともに夢へとやってきた女子《おなご》のことか」

「……お前、保憲殿ではないな……結子を返せ！」

「フッ。返すも何も……逃げ出した死者をいつまでもほうっておくわけにはいかない」

保憲殿の姿をした者は、知らない男の姿へと容姿を変えた。

「晴明よ。過去のお前と、お前が作った式神たちの功績は認めよう。私は、悔いを残さずに天界へ来る者たちの声も聞いておるからな。ただ、一度天界へ昇った者が地上に戻るのはいかがなものかと思うて、ここに来た」

物言いからして、神の言葉のようにも聞こえるが、神の使いの者だろうか？

「結子は天界へ返してもらうぞ」

「待ってください……結子は私たちにとっては恩人です。あっという間に亡くなった彼女に、もう少し時間をいただけないでしょうか」

つい、口に出ていた。

あっという間に亡くなったから、彼女には伝えられなかった想いがあるのだ。

亡くなってから明らかになった、結子の真実。

玉のままでもいいから、息子に会わせてあげたいと、私は心からそう思った。

四

目が覚めると、そこには日向と木陰がいた。

「帰ってきたのか」

「はい。セイメイ様はお昼寝？」

私の目を覗き込む日向が、私の頭を撫でる。

「猫だ、仕方ない。それより、結子様の玉はどこですか？」

と問う木陰の言葉に、緊張が戻ってくる。

「……しまったッ！！！」

私に夢を見せていた謎の男・神の使いに、私の願いは届かなかったのかと落胆する。

「なになに？　セイメイ様、どうしたの？」

心配そうに、猫の私を抱きかかえた日向は、木陰の顔を見た。

「結子様に何かあったのですか？」

「……あった、かもしれん……」

よくよく考えると、夢の中のことだ。

二体になんと説明しよう……かと思っていると――

「あらあら、おかえりなさい。どこに行っていたの？」

拍子抜けするようないつもの結子の声がして、仏壇のある、閉まっている階段下の戸から結子の玉がすり抜けてきた。

「あ、結子様！」

「なんだ。いたんですね」

ホッとする木陰たちをよそに、私は何がなんだかわからなくなっていた。

「え？　え？　結子、お前……連れていかれたのではなかったのか……？」

仕方がないので、私は夢の中での出来事を玉の結子と日向、木陰に話すことにした。

「夢の話でしょ？」

「夢だが、私が見ている夢ではない。誰かが見せていた夢だ！」

「結子様は、セイメイ様の夢の中へ行ったのですか？」

「さあ？　わからないわ……」

曖昧《あいまい》な結子の返答に、がっくしと肩が落ちそうになる。

日向と木陰には、どうやらただの夢の話ということになった。

私はというと、結子が戻っているということは……と考える。

おそらく、夢を見せた者が私の願いを聞いてくれたのだろう、そう思うことにした。

なんとも都合がいい解釈だなと、自分でも思う。

しかし、前にも言ったが、考えても仕方のないことはあるのだ。

答えの出てこない問題は、ひとまず都合のいいように考えて、頭の片隅にでも置いておく。

「木陰、結子様は瓢箪で休んでもらったよ」

「そうか、日向。じゃあ、仕込みを始めるか」

「もう、お昼は過ぎたんだもんねぇ」

二体はいつも通り、おでんの仕込みを始めた。

黙々とおでんの種を仕込んでいる店内では、今、牛筋を煮込んでいる香りがしていた。

大量の出汁もとって、大根もしっかりと染みている。

そろそろ木陰たちに話しかけてもいい頃合いだろう。

「にゃーん。ちょっと聞きたかったことがあるんだが、いいか？」

「野菜の切れ端が出たかどうか知りたいのですか？」

「ちっがーう！」

「もう。木陰、セイメイ様は例の件がどうなったか知りたいんだよ……」

「わかっている。ちょっと、からかっただけだ」

「猫だと思って、馬鹿にしおって……」

木陰はくすりと笑うと、カウンター内から奥の座敷へと私を抱きかかえて移動した。

そして、畳の上に私を降ろし、指先で私の眉間から頭を撫でる。

その指先が耳の後ろへ回って、顎へと下りてきてなんとも気持ちがいい。

「……やっぱり、ここが気持ちいいんですね」

「うむ。めちゃくちゃ気持ちがいい……ゴロゴロゴロ……」

「猫を飼育する本に書いてある通りですね。ところで、話をしてもいいですか？」

そう言って、木陰は私を撫でるのを止めた。心残りではあるが、話が先であろう。

「話してもいいぞ」

「今日、音也くんに店の割引券を持って会ってきたんです。それで、次はお父さんと来てみないかと話そうとしたんですが、音也くんから相談があって……」

「相談？」

話を聞くと、昨日晴香と二人で『結』に来たあと、音也は晴香にプロポーズをしたとのこと。

それで、両親顔合わせの前に、音也が自分の父に晴香を会わせたいらしく、そのために『結』で予約したいと言ってきたというのだ。

「……なんという、好都合ではないか‼」

「ですね。まるで、神の思《おぼ》し召《め》しというかなんと言うか……不思議なこともあるもんだと」

「神の……思し召し……」

ふと、先ほどの昼寝の間の、誰かに見せられた夢を思い出す。

そういえば、夢の中で保憲殿の姿をした者は言っていた。

『晴明よ。過去のお前と、お前が作った式神たちの功績は認めよう。私は、悔いを残さずに天界へ来る者たちの声も聞いておるからな……』

結局のところ、あれが仮に神だとした場合……どうでもいいから、結子の玉も悔いを残すことなく戻せということなのかもしれない。

「ですから、その音也くんの父さんが来る日に、結子様の玉を放つことで如何《いかが》かと」

「そうか。よし、それでいこう！」

それからしばらくして二階では……

「結子様、それは……ちょっと……」

玉の結子に何を言われたのか、困惑した日向が首《こうべ》を垂れている。

当の玉は、嬉しそうに点滅しながら瓢箪へと戻っていった。

「どうしたのかにゃ？」

「ははは。結子様がね――」

日向が、猫の耳へとコッソリと話してくれる。

最後にもう一度だけ、おでんを作りたいのだという。

だが、結子が店に立ちたいと指定した日は、音也が父親を連れてくる日であるのだ。

「ね、困ったでしょ？」

「ああ。それは困ったにゃ」

結子は生きているときから、勘がいいというかなんというか……

はじめてこの店に来たときも面白いことがあった。もう三十年以上も前の話だ。

寒さに震える私たちを見かねた結子が『むかでや』にお茶でもと誘ってくれたのだが、食い逃げする男を木陰が捕まえたのである。

とは言っても当時、木陰は音無《おとなし》と名乗っていて、今とは違う姿をしていた。

まだ五十代だった結子は、食い逃げ犯に恩情をかけて許したのだが、犯人に手をかけた木陰の腕を掴んだ結子は、木陰に「あなたの腕、丸太みたいね」と言った。あのときは「バレた！！！」と、肝が冷えた。

あ、木陰と日向には肝がないので、冷えたのは私の肝だけなのだが。

いや、結子はなんとなく勘のいい女なのだ。

本人は気がついてなさそうだがな。

「ねえ、だけどさ……もし、音也くんのお父さんが来る日に、結子様が僕の身体に入ったらさ——二人は会えるよね？」

「それは、日向の姿でなら問題はないかもしれんが……結子の姿で会わすことはできんな。もう亡くなってるから、後々かなでのときのようになっては、今度こそ音也に言い逃れができなくなる」

いくら結子と違って鈍《にぶ》そうな音也でも、そんなことをすれば気がつくだろう。

それにしても、かなでと会ったことが『幽霊』的なこととして納得できているのだから、音也はなかなか面白いヤツなのかもしれない。

「わかってる。じゃあ、それ、木陰に言ってくるよ。もちろん、結子様にも余計なことを言わないように、口止めしなきゃだけどね」

「そうだな」

トントントンと日向が階段を下りていく。

そして、少し間をおいて木陰の「はぁ⁉」という声が聞こえてきた。

そりゃ、そうだ。結子のために練った策が、結子のお願いで覆《くつがえ》されるのだから。

まあ、先に考えていたものは、結子のためを思ってこちら側が勝手に用意した策である。

結子は知らないのだから仕方ない。

これも、もしかしたら……神の思し召し？

そのとき、一階の柱時計が十六時を告げた。

軽やかに、私も日向の後を追う。

一階につくと、日向から話を聞いて不機嫌そうな木陰がカウンター内に立っていた。

「セイメイ様は、どう思いますか？」

単刀直入に木陰の視線が投げられる。

「どうも何も……結子に言ってはいけないことを教えて、会わせてやる方がいいのではないか？」

「猫に聞いた俺がバカなのか……あの結子様に言ってはいけないことを言うなと？　言いたいことを言う人ですよ？　……冷や冷やしながら、様子を見守ることになるんですが⁉」

カウンターの中から木陰の圧がかかる。

「確かに、木陰、お前の言うこともわかるが……しかし、幼少期の息子しか知らない結子にとって、玉で会うのと日向の姿で会うのは、どちらが彼女のためになる？」

「そ、それは……」

夢の中でのことが、妙に引っかかる。

この機会は結子のために行動した方がいいのではないかと、思わずにはいられなかったのだ。

生きている者よりも、玉になった者を優先した方が、私や木陰、日向の現世に留まる意味があるのだと……あの夢の中で、なんとなく言われている気にもなっていた。

「だけど、結子様のこともだけど……これからも生きなきゃいけない音也くんのお父さんのことは考えてあげなくていいの？」

「………」

日向の疑問に、私と木陰は何も答えなかった。

「にゃーーーー!! あーっ。あのような変な夢を見たから、こんなややこしいことを考えねばならないにゃ」

「夢でしょ、ただの」

「だ、だけど！　神のような男が現れて、一度天へ召された玉が地上にいてはいけないのだと、結子を迎えに来たと言って……それを、もう少し時間が欲しいとお願いしたにゃ」

「そんな話、セイメイ様から一言も聞いてませんけど？」

「ん。話さなかったか？　しかし、夢の中の男が私の願いを聞いてくれたから、まだ結子の玉はここにいるのだ」

日向も木陰も、改めてした私の夢の話を聞いて、ポカンとしている。

「……悪かった。夢の中のことだったな。気にするな」

と私が言うも、少しの間が空《あ》く。

次に口を開いたのは木陰だった。

「夢ですが……」

「ああ。私が見ている夢ではなく、誰かの意図で見せられている夢だ……と言ったっけ？　結子が亡くなってから、保憲殿が出てくることが多かったのだが、この間の夢は、保憲殿ではなかったのだ。そう言っても信じてもらえないだろうが……」

日向と木陰が互いの顔を見た。

「もう……信じますよ。不可思議なことなんて世の中にはたくさんあります。僕たちだってそうでしょ？　信じられない存在が実在しているなんてザラです。セイメイ様が見た夢もきっと……」

夢の話を二体としている。

それでも謎は、謎のままだった。

だが夢のことをこの二体がやっと信じてくれたことが、少し嬉しかった。

「今度、同じような夢を見たらはっきりさせてやる！」

結局はそこに落ち着いた。

結子のことは、本人に決めてもらうことにした。玉のまま息子と会うか、日向に身体を借りて会うのかを。


そして――晴香と音也が、音也の父親に結婚の報告をする日になった。

この日も、店の中は出汁のいい香りが充満していた。

奥の座敷には、少し緊張した音也と晴香、その向かいに不愛想な男が座っている。

この不愛想な男こそ、結子の息子で――以前、玉で世話をした、かなでの父親でもある。

「いらっしゃいませ。お飲み物は何にしますか？」

「父さんも最初はビールでいい？」

「ああ」

「じゃ、日向さん。ビールを瓶でもらえますか？　コップは三つお願いします」

「わかりました」

「音也、どうしてこの店にしたんだ？」

「ああ、ここは会社も近くて上司とよく来るんだ」

「そうか……」

音也の父は、日向やカウンターの中で料理をしている木陰のことが気になっている様子だ。

日向はすぐに瓶ビールとコップを用意すると、先付と一緒に再び座敷へと戻った。

「それでは、こちらが先付の棒鱈《ぼうだら》の煮物です。先代の女将のレシピで美味しいんですよ。今日のおでんは……」

日向が言い終える前に、音也が口を開いた。

「はんぺんバターをお願いします。晴香も食べるよね？」

「そうだね」

「はい、はんぺんバターですね」

すると、音也の父が怪訝《けげん》な顔をした。

「はんぺん？　もっといいものを食え」

「ごめんね、日向さん……父さん、ここのおでんは何を食べても美味しいんだよ。父さんは何がいい？」

「俺はいいから、お前たちが好きなものを頼みなさい」

「わかった。父さんの分も適当に頼むよ。じゃあ、日向さん――」

晴香と音也はメニューを見ながら、注文をした。

猫の私はカウンターの隅っこで様子を窺うことにしている。

そして、今夜は入り口に近いカウンター席には、迫田も来ていた。

いつもの景色、いや、今年に入ってからの『結』で一番のお客さんの入りだ。

これから、音也が晴香との結婚を、自分の父親に切り出すのだが……はてさて、どうなることやら。

あの父親、仏頂面《ぶっちょうづら》すぎて何を考えているのかまったく読めやしない。

ビールを飲みながら静かにこちらを見ているのが気にかかった。

五

時を少し巻き戻し、開店前の『結』二階では――

「結子様、どうしますか?」

今夜、音也が父親を連れてくると話した木陰は、結子の玉に向き合っている。

日向と私はその様子を近くで、ただ見守った。

玉は、静かにほんのりと白く発光し、木陰の目の前で揺れている。

「息子と……会えるの？」

「はい。そういうことになります。ただ、おそらくですが……息子さんは、結子様が亡くなったということは、ご存じかと思いますので、結子様の姿かたちでお会いすることは叶いません」

「そうよね。わかっているわ。木陰、今から少しでいいの。身体を貸してくれる？」

「わかりました。私の姿でカウンターの中に立つということですね」

「あ……そうね。それくらいはしてもいいかしら？　大丈夫よ。何も言わないわ。木陰として、あの子に料理を出せるなら……こんな嬉しいことはないわ……」

結子の玉から聞こえる声は、泣いているように感じられた。

――だから今、音也たちにおでんを盛りつけているのは、木陰ではなく、結子本人なのだ。

（あ。音也と晴香が姿勢を正した――!!）

音也がいよいよ話すときがきたのだ。猫である私も姿勢を正す。

「父さん。俺、晴香さんと結婚しようと思うんだ」

意を決して、投げかけた言葉は青臭くも感じたが、聞いていて気持ちのいいものだった。なのに。

「……結婚なんてろくなもんじゃねえぞ」

と父親は言う。

「父さんはそうだったかもしれないけど、俺は違う！」

「違う？　お前は俺の息子だ。俺たちは母親に捨てられた者同士じゃないか」

ナイフのような言葉が、まな板の上にある木陰の手を止めた。

「お前の母親も、俺の母親も……音也、知っていたか？」

「なんのことだよ……」

「この店、前は『むかでや』と言って、お前のばあちゃん。俺の母親がやっていた店なんだ」

「え……？」

「兄ちゃんたち、そうだよなぁ？」

父親は、日向と木陰の方へと顔を向けた。

日向は驚いた顔で、父親の顔と木陰の顔を見比べた。

もちろん、演技である。

「木陰、こんな日が来るんだね……結子様の息子さんだって……こんなに早くこの日が来るなんて……」

日向が奥座敷の奥に移動する。

「……実は、生前の結子様から手紙を預かっているんです」

「手紙？」

日向は、奥座敷の階段下の襖を開けた。

階段下のスペースを使った小さな洒落た仏壇が顔を出す。

遺影には笑顔の結子が写っていた。

「父さん……ここの亡くなった女将さんがおばあちゃんって、本当なの？」

音也の問いに父親は何も答えず、遺影を見つめたまま呆然としている。

日向は、仏壇の引き出しから一通の便せんを取り出した。

その便せんには、『利夫《としお》へ』と書かれてある。

「あなたが利夫さんですね？」

日向のその問いかけに、父親は小さく頷いた。

「恨みつらみもあるでしょうが、結子様は僕たちにとって菩薩《ぼさつ》様のようでした。結子様は僕たちに何も仰《おっしゃ》いませんでしたが、ご苦労されてきた方だと思います。それは、利夫さんとのことがあったからかもしれません。どうか、これをお読みになってください」

結子のことを今この時代、菩薩様に例える日向に、少し好感が湧《わ》く。

かなでのときの音也は憤慨してこの店を出ていったが、果たして父親の方はどうするのだろうか。

すると、意外にも日向から手紙を受け取り、その場で読みはじめた。

カウンター内に立つ、木陰の身体を借りている結子は何を思っているのだろう。

何が書かれてあるのかはわからない。

なぜなら、その手紙は開店前に結子が木陰の身体を借り、したためた手紙だからだ。

手紙を読み出して少しすると、父親の表情が優しい顔つきになった。

そして……

「知ってたよ、知ってた。母さんがあの家から追い出されたこと。お父さんもばあちゃんも、誰一人、母さんの味方はいなかったよな……」

当時のことを思い出したかのように、父親の利夫は静かに泣いていた。

「日向、料理を運んでくれ」

結子である木陰が日向に声をかけた。

「あ、うん。わかった」

それからしばらくして、利夫は音也と晴香の結婚を認めた。

そして音也は、晴香の働いている施設に認知症で母親が入っていることや、兄のかなでが亡くなったことを、はじめて利夫に話した。

「父さん、ごめん。ずっと言えなくて……」

「いや、父さんが悪いんだ。音也は言いたくても言えなかったんだろう？　お前の母親のことも……何もかも上手くいかないことを理由に八つ当たりしていた、父さんが間違っていたんだ」

人は凝り固まった性格を、ほぐせるものなのだなと感心する。

結子の手紙に、利夫の性格を変えるような何かが書いてあったのか……？

いや、違うな。

利夫には、もう一人の我が子である、かなでの死も衝撃だったに違いない。

話が尽きた頃に、温かいおでんたちが座敷に運ばれてきた。

「お待たせしました。はんぺんバターです」

ブルーのお皿に三角のはんぺんがおでん出汁に浮いている。

散らした五ミリ角のバターが、今まさに溶け出そうとしていた。

「お義父様、これ、ふわふわで美味しいんですよ。熱いうちに三人でいただきましょう？」

晴香が、はんぺんバターのお皿を利夫の前に移動させた。

「父さん、今度一緒に兄さんのお墓参りに行こう」

「ああ。そうだな。あいつにも謝らないと……」

溶け出したバターのように、利夫の気持ちもどうやら変化したようである。

その様子を見ていた木陰は、いつもは見せない優しい笑顔だった。

この笑顔は結子の気持ちがそう見せているのだが、それを知っているのは私と日向だけだ。

今、和やかな雰囲気が店内を漂っている。

利夫は仏壇が見える状態で、熱燗をちびりちびりと飲んでいた。

そして、帰り際に私たちにこう言った。

「母さんがここで働く姿を何度か見に来ていたんだ。とても楽しそうで幸せそうだった。日向さん、木陰さん。母がお世話になりました。ありがとうございます」

翌日、一通の手紙を残して、結子は天を昇った。

思い残すことはもうないのだろう。

あっけなく亡くなったが、天界から逃亡して自らの悔いを解決してしまうのだから、さすがは結子だ。

「それにしても、また手紙を残していくなど……これは二回目の遺言状になるな」

「木陰、読んでよ」

「日向が読め」

「もう、仕方ないなぁ……」

結子からの二回目の遺言状を開くと、かすかに甘い花の香りがした。

『晴明様、木陰、日向へ。

わずかな期間でしたが、またあなたたちと過ごせてとても楽しかったです。

天界で胸騒ぎがしていたので戻ってきたのですが、戻ってホントに良かったわ。

おかげで、息子にも会えたし、孫にも会えました。もう一人の孫のかなでには、天界で必ず会うわね。

日向、木陰も変わらずお店を切り盛りしてくれていて、安心しました。

新しい店名もつけてくださって、晴明様ありがとうございます。

私の名前から取ってくれたなんて、本当に嬉しく思います。

いつまでもというわけにはいかないでしょうが、上手くここで過ごしてください。

あと、もう一枚手紙を入れています。

日向が大学へ行きたいって言っていたので、『むかでや』の頃の大学教授のお客さんに生前連絡してあります。手紙を持って会いに行くように。

木陰も日向も晴明様も、お身体を大切にしてください。

阿倍野結子』

「木陰、僕……大学に行っていいの？」

「ああ、いいんじゃないか。だけど店のことも頼むぞ」

「うん！　セイメイ様ぁ、聞いた？　僕、大学に行けるかも！」

「良かったにゃ～」

戻ってきた二体と一匹の生活。

再び去ってしまった結子のことは寂しく思うが、今は関わっている玉がいない分、心は穏やかだ。

店の階段は、すりガラスの戸から柔らかい日射しが入る。

私はそこへまあるく身体を縮こめると、いつものようにウトウトとしだした。

思考がだんだんと働かなくなる中、少し先の世のことを考える……

桜が咲く季節には日向が大学へ行き、音也と晴香の結婚式の招待状が届くことだろう。

そして、縁が結ばれた玉の願いを叶えて、今年もここで式神たちと楽しく過ごすことになるに違いない。

エピローグ　夢の中で

ここは……どうやら夢の中のようだ。

私は、自分が猫の姿であることを確認し、一旦腰を下ろした。

白い靄がかかっているので、先行きが不安になる。

だが、かろうじて足元には道が見えていた。

「……にゃーぁん。これは私が見ている夢なのか？　それとも誰ぞが見せているのか？」

そう呼びかけるも、何も反応がない。

私は仕方なく、この場から一歩一歩と慎重に歩き出すことにした。

ゆっくりと歩を進めながらもあたりを見渡すが、靄が晴れることはなさそうだ。

そして、しばらく無音で白い世界の中を歩き続けていた。

すると突然、背後から声がかけられる――

「ここにいたのか。白い靄に、白い猫だとわかりづらい」

どこか聞き覚えのある声に、ハッと振り返る。そこには兄弟子の保憲殿の姿があった。

「保憲殿……？　いや、お前は保憲殿本人なのか？」

「面白いことを言う、フハハハ」

「前に、その姿で保憲殿ではない者が出てきたから、念のため確認です」

保憲殿は昔のままの人懐《ひとなつ》っこい笑顔を見せた。

「此度《こたび》も、ご苦労だったなと、天界の番人が言っていたぞ」

「……天界の番人？」

「そう、前に番人の夢で会っただろう？」

神ではなく、番人だったのかと、なんとなくではあるが腑《ふ》に落ちる。

「ま、そうやすやすと神が私に会うことはないか……」

「ん？　神だと思っていたのか？」

「……誰も教えてはくれぬのだから、そう勘違いしても仕方ないでしょう？」

保憲殿は、扇に口元を隠してくすりと笑う。

「晴明にも早く天界へと戻ってきてほしいのだが……どうやら、そうもいかないらしい」

「どういうことですか？」

「その番人が言うには、人はきちんと現世を納得して終わらせた方が、玉として次の世へ行きやすいというのだ」

「ほう、よくわかってらっしゃる」

「天に上がってこられない玉たちに、誰かが世話を焼いてやらねばならないのだと」

「……それは、私と式神たちのことですか？」

私はその言葉の後に、深く息を吐いた。

「まあ、そうだな。お前たちでなくても、その役目を誰かがした方がいいということなのだろう。幸い、お前の作った思業式神たちが千年以上も、お前の遺言通りにとはいえ、玉の世話を焼いている」

「そうですね……」

私の遺言通りという言葉に、少し胸のあたりがちくりと痛む。

だけど、元は私の思念なのだから、千年以上もよく持ったものだなとも思う。

保憲殿が扇で宙《ちゅう》をあおぐと、靄が一気に晴れていく。

「最初から、靄を晴らしておいてくれればいいものを……」

「夢への入り口が、まだお前の夢と繋がったばかりだった……思い通りになどできぬ。やっと強固に繋がったから、我の思うがままにできるというわけだ」

「夢のシステムというのは、そのようになっているのか。ふむ。勉強になる」

「しすてむ？　なんだ、それは？」

「ああ。現代の言葉です。気にしないでください」

靄が晴れて現れた景色は、遠い昔に住んでいた庭園のある屋敷だった。

前に、夢でも見たことがある。

色も香りもする夢で、とても現実的だ。

一気に平安時代の頃へと戻った気になれる、不思議な感覚だった。

「さて、せっかくだから双六でもしないか？」

「そうですね。しかし、この格好では負けてしまいそうですから……」

私はポンと一瞬で、猫の姿から若かりし頃の安倍晴明の姿へと変化してみせた。

「ようやく、本来のお前に会えた気がする」

保憲殿の目が弧を描く。

この方は、笑うと目がなくなって、人懐こい印象が強まる。

私たちは、並んで庭園を抜けると、彼の式が待っている屋敷に入り、庭が見える場所でゆっくりと双六を楽しんだ。

夢の中ではあるものの、彼とのひとときは忘れられないものとなった。

ふと空を見上げると、大きな望月《もちづき》が私と保憲殿に優しい光を注いでくれている。

その優しい光は、これからも思業式神たちとともに私が現代に存在することを許してくれているような気にさえさせてくれるのであった。

お前は俺の、最愛の花嫁——

時は大正。あやかしが見える志乃は親を亡くし、親戚の家で孤立していた。そんなある日、志乃は引き立て役として生まれて初めて出席した夜会で、由緒正しき華族の橘家の一人息子・桜虎《おうこ》に突然求婚される。彼は絶世の美男子として名を馳せるが、同時に奇妙な噂が絶えない人物で——警戒する志乃に桜虎は、志乃がとある「条件」を満たしているから妻に選んだのだ、と告げる。愛のない結婚だと理解して彼に嫁いだ志乃だったが、冷徹なはずの桜虎との生活は予想外に甘くて……!?

◉定価:726円(10%税込)　◉ISBN:978-4-434-33471-9　◉Illustration:櫻木けい

この作品に対する皆様のご意見・ご感想をお待ちしております。

おハガキ・お手紙は以下の宛先にお送りください。

【宛先】

〒150-6019 東京都渋谷区恵比寿 4-20-3 恵比寿ｶﾞｰﾃﾞﾝﾌﾟﾚｲｽﾀﾜｰ 19F
（株）アルファポリス　書籍感想係

メールフォームでのご意見・ご感想は右のＱＲコードから、
あるいは以下のワードで検索をかけてください。

アルファポリス　書籍の感想　検索

ご感想はこちらから

アルファポリス文庫

京《きょう》都《と》式《しき》神様《がみさま》のおでん屋《や》さん

西門 檀（にしかど まゆみ）

2024年 2月20日初版発行

編集－加藤純・宮坂剛
編集長－太田鉄平
発行者－梶本雄介
発行所－株式会社アルファポリス
〒150-6019 東京都渋谷区恵比寿4-20-3恵比寿ｶﾞｰﾃﾞﾝﾌﾟﾚｲｽﾀﾜｰ19F
TEL 03-6277-1601（営業） 03-6277-1602（編集）
URL https://www.alphapolis.co.jp/
発売元－株式会社星雲社（共同出版社・流通責任出版社）
〒112-0005 東京都文京区水道1-3-30
TEL 03-3868-3275
装丁イラスト－imoniii
装丁デザイン－AFTERGLOW
印刷－中央精版印刷株式会社

価格はカバーに表示されてあります。

落丁乱丁の場合はアルファポリスまでご連絡ください。

送料は小社負担でお取り替えします。


ISBN978-4-434-33465-8 C0193